〖中华诗词存稿·名家专辑〗
中华诗词学会 编

# 杨逸明诗词集

## 晚风集

杨逸明 著

中国书籍出版社
China Book Press

图书在版编目（CIP）数据

杨逸明诗词集·晚风集 / 杨逸明著 . -- 北京：中国书籍出版社，2019.11

（中华诗词存稿）

ISBN 978-7-5068-7528-8

Ⅰ.①杨… Ⅱ.①杨… Ⅲ.①诗词—作品集—中国—当代 Ⅳ.① I227

中国版本图书馆 CIP 数据核字 (2019) 第 248596 号

## 杨逸明诗词集·晚风集

杨逸明 著

| 责任编辑 | 李国永 |
|---|---|
| 责任印制 | 孙马飞　马　芝 |
| 封面设计 | 采薇阁 |
| 出版发行 | 中国书籍出版社 |
| 地　　址 | 北京市丰台区三路居路 97 号（邮编：100073） |
| 电　　话 | （010）52257143（总编室）（010）52257140（发行部） |
| 电子邮箱 | eo@chinabp.com.cn |
| 经　　销 | 全国新华书店 |
| 印　　刷 | 北京虎彩文化传播有限公司 |
| 开　　本 | 710 毫米 ×1000 毫米 1/16 |
| 字　　数 | 280 千字 |
| 印　　张 | 29 |
| 版　　次 | 2019 年 11 月第 1 版　2019 年 11 月第 1 次印刷 |
| 书　　号 | ISBN 978-7-5068-7528-8 |
| 定　　价 | 598.00 元（全 2 册） |

版权所有　翻印必究

## 《中华诗词存稿》编委会名单

顾　　问：郑欣淼　郑伯农　刘　征　沈　鹏
　　　　　葉嘉莹

编　　委：（按姓氏笔画排序）
　　　　　丁国成　王　强　王改正　王德虎
　　　　　刘庆霖　吕梁松　李一信　李文朝
　　　　　李树喜　陈文玲　张桂兴　范诗银
　　　　　欧阳鹤　杨金亭　林　峰　罗　辉
　　　　　周兴俊　周笃文　宣奉华　赵永生
　　　　　赵京战　钱志熙　晨　崧　梁　东
　　　　　雍文华

主　　任：范诗银

副 主 任：林　峰　刘庆霖

执行主编：吕梁松　王　强　李伟成

秘　　书：李葆国

## 作者简介

杨逸明，1948年8月出生于上海，祖籍江苏无锡，上海师范大学中文系毕业。当过工人、教师、干部。曾任第二、三届中华诗词学会副会长，中华诗词学会网副总编辑，《中国诗词年鉴》副主编，第三、四届上海诗词学会秘书长、第三、四、五届上海诗词学会副会长，《上海诗词》主编。现为中国作家协会会员，上海市作协会员，中华诗词学会顾问，上海诗词学会顾问，全球汉诗总会副会长。已出版诗词选集有《飞瀑集》《新风集·杨逸明卷》《古韵新风·杨逸明作品集》《路石集·杨逸明卷》等。

# 总　　序

　　我们这个诗歌大国有一个很好的传统，历来注重"采诗"、搜集整理诗歌材料。作为唯一的全国性诗词组织的中华诗词学会，自1987年5月成立以来，就十分重视这项工作。学会每年的学术研讨会和历届"华夏诗词奖"，都出版论文集和获奖作品集。纪念学会成立二十年、三十年时，还专门编辑出版了《大事记》《论文选集》《诗词选集》。《中华诗词》创刊以来，每年都制作年度合订本。2007年5月，在北京天识东方文化艺术传播有限公司的资助下，以近代以来诗词创作、诗词理论、诗词运动重要文献汇编，当代名家个人作品专集等为主要内容，出版了《中华诗词文库》。经过十来年的编辑整理，已经出了近百卷。这些诗集、文集的出版，记录了近百年来尤其是改革开放四十多年来，中华诗词从起步、复苏走向复兴的砥砺前行的历程，为近、当代诗歌史的撰写准备了丰富的资料。

　　党的十八大以来，中华民族优秀传统文化重新受到应有的重视。习近平总书记《念奴娇·追思焦裕禄》词和《军民情》七律的相继发表，引领中华大地诗潮滚滚而来。《中共中央关于繁荣发展社会主义文艺的意见》和中办、国办《关于实施中华优秀传统文化传承发展工程的意见》，都明确提出"加强对中华诗词、音乐舞蹈、书法绘画、曲艺杂技和历史文化纪录片、动画片、出版物等的扶持。"国家教育部组织制定由中华诗词学会起草的新中国语言体系中的新韵书《中华通韵》已经通过国家语言文字工作委员会语言文字规范标准审定委员会审定，即将颁布全国试行。这些都使我们真切地感受到，中华诗词的春天真的到来了。诗人们乘着骀荡春风，正以高昂的激情，书写着中华民族伟大复兴的新时代、新史诗，国家富强、民族振兴、人民幸福的中国梦；正以与人民同呼吸、共命运的诗人之心，对人民的欢乐、人民的忧患、人民的情怀给以诗意的表达；正以"美"或"刺"的诗人之笔，对市场经济大潮中人民对幸福生活的期待，对美好未来的希望，对假丑恶的深恶痛绝，或给以方向，或给以赞美，或给以鞭挞。正如习近平总书记所指出的："好的文艺作品就应该像蓝天上的阳光、春季里的清风一样，能够启迪思想、温润心灵、陶冶人生，能够扫除颓废萎靡之风。"

当前，传统诗词创作者和诗词爱好者队伍发展迅速，已超过三百万。每天创作的诗词作品超过唐诗、宋词、元曲的总和。诗词评论研究队伍也成长很快，诗词评论、诗词学、诗词创作理论研究成果丰硕。如何从浩如烟海的诗词作品中"淘"出优秀作品，并使之存下来、传下去，如何使诗词研究理论成果"面世"并发挥应有的指导作用，确实是摆在我们面前的无可回避的一个重要课题。中华诗词学会是一个没有国家编制，没有国家拨款的社会团体，事业的运转主要靠社会赞助和会员费支撑。俊识（北京）文化传媒有限公司总经理吕梁松、北京采薇阁总经理王强，两位一直是对中华传统文化情有独钟的热心人，慷慨解囊，愿意同中华诗词学会一起，搜集整理编辑推出《中华诗词存稿》这套书，共同为中华诗词文化的继承和发展，做成这件十分有意义的事情。

《中华诗词存稿》主要搜集整理出版三部分内容的资料：一是当代诗词名家的个人作品集；二是当代诗词评论家、诗词学者的学术著作集；三是当代诗词作品、诗词理论学术成果阶段性、专题性、地域性的集成类作品集。诗词作品强调精品意识，沙里淘金，把"有筋骨、有道德、有温度"的优秀诗词作品搜集起来。诗词评论、研究类资料强调理论性和创新性，应具有鲜明的个性特点，具有创建性的见解。集成类的资料应有一定的史料保存价值。总之，做成一套具有当代价值和历史意义的好书。在此，我们编委会人员，向提供资料、筛选编辑、版面设计、校对勘误，包括所有为这套资料付出辛勤劳动的同志们，表示真诚的谢意！

郑欣淼<br>
二〇一九年七月于北京

# 映日荷花别样红

——杨逸明《晚风集》序

赵京战

  杨逸明给自己的第四本诗集取名为《晚风集》，开始我还不大理解。我对他说，你比我还小一岁呢，那我的诗集只好叫"夜风集"了？他说此"晚风"非彼晚风也，是取其"晚风习习，凉爽快意"的意思，同时还借用了白居易《闲居》诗中"独啸晚风前，何人知此意"的意思。还真是，等我读完了诗稿，不知不觉地进入了"晚风轻拂澎湖湾，白浪逐沙滩"的妙境。不过，晚风轻拂的不是澎湖湾，而是黄浦江，而是整个诗坛。

  杨逸明真不愧是诗人，他作诗认真投入，扎扎实实地下功夫。为了学习七律，他把陆游《剑南诗稿》精研数遍，把其中七律中的对偶句，全部抄写下来，随身携带，随时翻检。我知道他这样下功夫，心里真是佩服。功夫不负有心人，他精通七律不是偶然的，特别是中间两联对偶句，更是应对自如，出神入化。翻阅集中，如"雨后樱花初表白，风前柳叶共垂青"（《迎春漫笔》）、"夜总会藏云雨乐，出租车侃庙堂忧"（《立秋后连日酷热异常，感时步诗友韵而作》）、"擦肩而过窗前鸟，举手之劳架上书"（《闲居遣兴》）、"骨经风雨增生刺，书入心脾积聚香"（《六五初度客居京城作》）、

"世将财富当身价,我以诗人作职称"(《未老》)、"江水急弯成直角,山亭环望作圆心"(《登西塞山》)、"奇景方观黄果树,新闻正播白岩松"(《游黄果树戏作》)等等,不胜枚举,均对仗工稳,意思出奇出新。

　　杨逸明写诗,总有奇思妙想。他总是在立意上别开生面,另辟蹊径,不满足于常人之成见,不落于前人之窠臼。因此,他总能在前人写得烂熟的题材中翻出新意,令读者眼前一亮,拍案叫绝。2003年,《中华诗词》杂志社举办纪念李白的诗词大赛,杨逸明参赛作品是一首词《金缕曲·怀念李白》:

　　　　白也顽童耳!久离家,听猿两岸,放舟千里。爱到庐山看瀑布,惊叫银河落地。常戏耍,抽刀断水。不向日边争宠幸,却贪玩,捉月沉江底。一任性,竟如此!　　人间难得天真美,且由他,机灵乖巧,尽成权贵。一句"举头望明月",九域遍生诗意。身可老,心留稚气。我欲与君长作伴,唤汪伦,组合三人醉。同啸傲,踏歌起。

　　要把李白写好,写出特色,能够在众多参赛作品中脱颖而出,应该说是很有难度的。这首词不落俗套,紧紧抓住李白的性格特点,一句"白也顽童耳"开篇入觳,切中肯綮,分寸把握得恰到好处。词中精心选用李白诗中一些表现其"顽童"天真性格的句子,巧妙地营造出一种"熟悉的陌生感"。以首句管领全篇,渐渐展开,层层深入。结句"同笑傲,踏歌起"深入道出了李白的人格魅力,也充分表现了作者的仰慕和共鸣。评委们都给出高分,最后获得第一名。

为了做到公平公正，诗词大赛的评委们打分时，参赛作品是匿名的，评委们只能看到作品的编号。分数打完了，名次排定了，评委们都签字了，该水落石出对号入座了。特邀编审蔡淑萍老师和我说，咱们猜一猜这得一等奖的是谁吧。巧了，我们二人猜的是同一个人：上海的杨逸明！工作人员拿出名单一对，果然是杨逸明。这次读了《晚风集》，不由得又想起了这段往事，也应该算是一段"诗坛佳话"了吧。

杨逸明诗词创作的造诣是多方面的。在诗词理论上，他有深刻的研究和独到的见解，发前人之所未发。他的"金字塔"理论、"三红三绿"理论，是我在讲课中经常引用的重要观点。这些都是超越前人的真知灼见，大大丰富了祖国诗学的理论宝库。在诗词创作上，他进行了深入的探索和开拓。在立意、取象、语言、谋篇等方面，都有自己的创新和独到之处。他大胆地借鉴新诗的创作技法，融入传统诗词的创作之中，写出了大量的奇思和巧句。本书后面的"文选"部分《创意自成思想者 遣词兼任指挥家——诗词创作琐记》一文中，举出了很多例子，读者可以尽情欣赏。

我看杨逸明的诗词创作，重在意境，在诗的"第一个层面"。他首先在"立意"上入手，打造和挖掘深层次的精神境界，或高屋建瓴，统率全诗；或画龙点睛，引人入胜。即使是游山观景的具体题材，也能升华提炼，发挥出更深的含义，给读者以更高雅、更高尚的审美享受。如《题喜玛拉雅山脉》：

雪域神奇多少山，无名无字耸云端。
随移一座中原去，五岳都须仰首看。

面对高耸云天的雪山，诗人的联想驰骋开去，把喜马拉雅群峰去和中原的五岳相比较，雪山奇峰，海拔七八千米，称为"世界屋脊"，却大多无名无姓；五岳海拔最高的只有两千米上下，却名满天下，备受尊荣。五岳驰名，在于所处位置，而不是高度。真是山外有山，天外有天，人生际遇，大抵如此。人生的探索是无极限的，追求是无止境的。通过看山，把人生的真谛、人生的哲理透现了出来。另如"人生茶叶须冲泡，香气全从沸水来"（《饮茶》）、"书生感佩娟娟月，独处盈亏总泰然"（《重阳赏月》）、"人生似在行舟上，百计难留一寸波"（《火车经过无锡口占》）、"山泉不恋居高位，落到低岩始放歌。"（《游四洞峡》），这些诗句都渗透着诗人对人生哲理的探索和品味，读后发人深思，给人启迪。

仁者见仁，智者见智。逸明的山水诗，还能渗入时代的色彩，反映社会的面貌。比如《黄山夕眺》：

万壑生风走暮云，千峰翘首斗嶙峋。
夕阳分配金黄色，高富低贫也不均！

看到夕阳映照，万山斑斓，层次叠加，明暗交替，诗人联想到人间"高富低贫"的不合理现象而为之慨叹。仁人之心，慈悲为怀，震撼读者的心灵。另如："诗人自愧升平世，荐血无多荐泪多！"（《轩辕庙抒怀》）"多少腰金衣紫客，不成仁却已成功！"（《"新天地"戏咏》）"安得五峰抽巨掌，击醒人类莫添灾！"（《游五台山》）都体现了诗人心怀天下、心系苍生的博大胸怀。诗如其人，这正是诗人的人品和人格的反映。斯人也，乃有斯诗也。

　　杨逸明写诗，善用曲笔，化虚为实，巧妙地处理一些难写的题材，使人读后大有匪夷所思的惊叹而令人折服。我们来看他的《访瓦桥关遗址》：

　　　　一行人立雨濛濛，同向村翁指处看。
　　　　超市左边餐馆右，当年雄矗瓦桥关。

　　瓦桥关故址位于今河北省雄县城西南，地当冀中大湖白洋淀之北，拒马河之南，与益津关和淤口关，合称"三关"（即杨六郎所镇守之"三关"）。"三关"早已不存，无遗迹可考，去瓦桥关凭吊怀古，怎么下笔呢？真是没着没落。我们看杨逸明闪转腾挪，以虚通实，化虚为实，虽然未见一砖一瓦，却让读者想象到了瓦桥关当年的风采，收到点石成金、起死回生的奇效。

　　杨逸明作诗不提倡用典，偶尔用典，自然贴切，浑然天成，即使不当典故来读，也不影响对诗的理解和欣赏，知道了典故，更能大大丰富诗的内涵，增强了的典雅化。也举一例。在一次采风活动后，逸明与星汉在银川候机，星汉先行，逸明用相机拍下星汉乘坐的飞机飞向蓝天，星汉得到这些相片，很是感动，就写诗寄逸明：

　　　　此地一为别，友情千古真。
　　　　知君收碧落，看我远红尘。
　　　　取景频更换，调焦几屈伸。
　　　　今朝新版本，太白送汪伦。

于是，逸明写了《答星汉兄原韵》一诗步韵作答：

虽非汪与李，送别亦情真。
君去留前席，吾追望后尘。
心因分手困，眉为得诗伸。
世说添新语，王杨谊绝伦。

我们来看他是怎样用典的。第一句引用李白《赠汪伦》："李白乘舟将欲行，忽闻岸上踏歌声。桃花潭水深千尺，不及汪伦送我情。"第三句引用李商隐《贾生》："宣室求贤访逐臣，贾生才调更无伦。可怜夜半虚前席，不问苍生问鬼神。"第四句引用杜甫《戏为六绝句（之五）》："不薄今人爱古人，清词丽句必为邻。窃攀屈宋宜方驾，恐与齐梁作后尘。"第七句引出了古典名著《世说新语》。第八句一语双关，用眼前的"王杨（王星汉、杨逸明）"引出唐初四杰的"王杨（王勃、杨炯）"使人想到杜甫《戏为六绝句（之二）》："王杨卢骆当时体，轻薄为文哂未休。尔曹身与名俱灭，不废江河万古流。"一首五律，引用了这么多典故，诗的分量的沉重，当是可想而知了。这些典故妥帖自然，毫无穿凿附会、强拉硬扯的痕迹，真如羚羊挂角、飞鸿踏雪。结句的双关涉典，更是妙合天成。这些典故，看似信手拈来，实则是作者深厚的历史的文学的功底厚积薄发。古人送别诗很多，还没有写过在机场送别的，逸明和星汉留下机场言别的酬唱，这也算是诗坛的又一段佳话了。

逸明于我，亦师亦友。我不但向他学到了很多作诗的技巧，他的为人也着实令我钦佩。2013 年 8 月，我赴美国夏威夷旅游，一去一回，在上海浦东机场转机，每次都要在机场待 6 个小时。杨逸明两次从城西住处坐地铁近两个小时，赶到浦东机场陪我，请我吃饭，喝茶长谈。深情厚谊，中心感之。真是"太平洋水深千尺，不及逸明送我情"。于是写了一首小诗《浦东会面留别逸明兄》给他：

玉壶今日见冰心，两赴浦东情谊深。
黄浦江风开眼力，太平洋水豁胸襟。
得君奇句醍醐灌，愧我薄才懵懂吟。
一步舷梯一回首，何时重听伯牙琴？

杨逸明立即和诗一首《步韵答京战兄》：

京华飞抵共交心，两度倾谈茶座深。
天下诡奇千拍案，人生旷快一披襟。
何妨俗尚横眉对，且作端居抱膝吟。
宝剑昔酬慷慨士，送行吾欲赠瑶琴。

诗中"宝剑昔酬慷慨士"一句，指的是五年前逸明从上海把自己心爱的一把龙泉宝剑通过邮局寄给我。宝剑乘车乘机携带属于违禁品，从邮局寄出恐怕也是颇费周折的。逸明费了多少心力，可想而知。这把宝剑，我会终生珍藏。韩愈《送董邵南序》中说"燕赵古称多慷慨悲歌之士"，我住在北京，正是古燕赵之地。逸明称我为"慷慨士"，这使我颇增几分豪侠之气，几次跃跃欲试作"今日把示君，谁有不平事？"之状。这段故事，也称得上诗坛佳话了吧。

说到诗坛佳话，逸明可真是佳话多多。2011年7月，我们一起参加江苏金湖县的采风活动，在参观"万亩荷塘"时，看到荷塘亭子柱上的楹联"接天莲叶无穷碧，映日荷花别样红"，我对杨逸明说，你们杨家出大诗人啊，你看，这个大名鼎鼎的杨万里，不就是你们杨家的老祖宗么？杨逸明笑着说，你们赵家出皇帝啊，宋朝的皇帝不都是你们老赵家的么？对于他的幽默机智快捷，我是早就领教过了，这回又让我领教一次。杨万里眼中看的是荷花，心中想的是诗。他想写出像眼前荷花一样的诗来，他想把诗写到"别样红"的境地。这也许是他终生追求的艺术高峰。这真是历史的巧合，杨万里九泉之下，大概也不会想到，过了八九百年，在他杨家的后人中，又出了一位诗人。这位诗人踏着他的足迹，继续他的追求，落实了他的愿望，实现了他的理想，把诗写到了"映日荷花别样红"的境地。这位诗人就是——杨逸明。

二〇一五年六月一日于"顽童节"

# 目　　录

总　序 …………………………………………… 郑欣淼 1
映日荷花别样红
　　——杨逸明《晚风集》序 ………………… 赵京战 1

## 诗词选

参加向明中学校庆（二首）…………………………… 3
雨夜梦故人 …………………………………………… 4
忧　时 ………………………………………………… 4
无　题 ………………………………………………… 4
读《聊斋志异》有感 ………………………………… 5
戏答友人 ……………………………………………… 5
寄诗友 ………………………………………………… 5
忆　昔 ………………………………………………… 6
旅途戏作 ……………………………………………… 6
戏咏时间 ……………………………………………… 6
星　空 ………………………………………………… 7
茶楼遣兴 ……………………………………………… 7
长白瀑布 ……………………………………………… 7
访胡耀邦故居 ………………………………………… 8
秋日怀友 ……………………………………………… 8
戏题相册 ……………………………………………… 9
观友作书 ……………………………………………… 9

| 公交车上戏作 | 9 |
| --- | --- |
| 残 阳 | 10 |
| 为某烧香者代言 | 10 |
| 答友人 | 10 |
| 小 窗 | 11 |
| 回忆"文革"期间读文学名著 | 11 |
| 清明纪事 | 11 |
| 饮 茶 | 12 |
| 冬日与诗友在秦淮河畔饮茶 | 12 |
| 泰山新石刻戏作 | 12 |
| 题吴江垂虹桥绝句（三首） | 13 |
| 牛年戏作 | 13 |
| 迎财神戏作 | 14 |
| 咏梅绝句 | 14 |
| 桐庐严子陵钓台书感兼怀韩国金退庵先生 | 14 |
| 情人节戏作 | 15 |
| 诗社戏咏 | 15 |
| 春 雨 | 15 |
| 题玉溪聂耳青铜塑像 | 16 |
| 游秀山 | 16 |
| 出席西安第二届中国诗歌节戏作 | 16 |
| 夏日遣兴 | 16 |
| 游云窝寺 | 17 |
| 灵芝湖溜索 | 17 |
| 游云南建水燕子洞 | 17 |
| 咏日全食 | 18 |

| | |
|---|---|
| 朱家角阿婆茶馆与诗友饮茶 | 18 |
| 题朱家角明清老街 | 18 |
| 游朱家角古镇 | 19 |
| 写　诗 | 19 |
| 八景园与诗友饮茶 | 19 |
| 中秋赏月 | 20 |
| 国庆阅兵有感 | 20 |
| 中国大戏院怀旧 | 20 |
| 赠书家 | 21 |
| 秋夜遣怀 | 21 |
| 吴江吟 | 21 |
| 再题垂虹桥 | 22 |
| 参观吴江太阳湖大花园 | 22 |
| 重阳赏月 | 22 |
| 题颛桥寝园 | 23 |
| 冬日即兴 | 23 |
| 重访老宅 | 23 |
| 咏福建冠豸山生命之根生命之门 | 24 |
| 下厨戏作 | 24 |
| 赤壁感怀 | 24 |
| 元旦口占贺岁 | 25 |
| 旭日颂 | 25 |
| 闲居随笔 | 25 |
| 岁末书感 | 26 |
| 呈龙华寺照诚上人 | 26 |
| 戏作一绝答友人 | 26 |

桃花涧诗韵答友……27
感事戏作……27
迎春漫笔……27
火车经过无锡口占……28
游恩施大峡谷……28
题腾龙洞……28
游四洞峡……29
登黄鹤楼……29
诗词创作漫谈……29
郏县三苏祠……30
赴伊犁飞机上俯瞰大沙漠……30
天山口占……30
题王敬乾兄《走沙集》……31
登伊犁惠远古城钟鼓楼怀林公则徐……31
游新疆硅化木地质公园……31
游黄叶村……32
游长白山……32
与诗友访乌拉古城遗址……32
紫禁城书感（二首）……33
庐山白鹿洞书院……33
风雨大作，旋霁……34
书斋寄兴……34
六三初度……34
"海上清音"庚寅立秋雅集……35
父亲逝世十九周年祭……35
立秋后连日酷热异常，感时步诗友韵而作……36

|  |  |
|---|---|
| 无定河边漫笔 | 36 |
| 谒杨将军祠 | 36 |
| 游杨家城回忆童年迷恋杨家将连环画，感赋 | 37 |
| 杨将军祠感怀 | 37 |
| 冬枣之乡沾化采风 | 37 |
| 与诗友祭纪晓岚墓戏作（三首） | 38 |
| 与诸诗友谒纪晓岚墓 | 38 |
| 秋兴漫兴（二首） | 39 |
| 《剑南诗稿》读后（十首选四） | 39 |
| 饮食杂谈 | 40 |
| 与诗友清风人家茶馆小聚 | 41 |
| 游崇州罨画池叠陆游《夏日湖上》韵（二首） | 41 |
| 题开封繁塔 | 42 |
| 迎元旦戏作 | 42 |
| 小区赏雪戏作 | 42 |
| 戏咏玉兔喜迎兔年 | 43 |
| 辛卯年初四日与树喜玉峰游浦东召稼楼镇 | 43 |
| 春日偶作 | 43 |
| 日本地震感赋（二首） | 44 |
| 日本地震后核扩散引起国内多地抢购碘盐戏作一律 | 44 |
| 重游沈园遇雨 | 45 |
| 访陆游故居遗址 | 45 |
| 访云门古刹 | 45 |
| 题骆宾王公园 | 46 |
| 清明口占 | 46 |
| 逛南京路外滩，戏作 | 46 |

就医戏作……………………………………………… 47
上梁山戏作……………………………………………… 47
谒西楚霸王墓…………………………………………… 47
车行黄河大堤上………………………………………… 48
谒鱼山曹植墓…………………………………………… 48
恶性食品安全事件频发感赋（四首）…………………… 48
顾渚农家乐（八首）…………………………………… 49
山中绝句（八首）……………………………………… 51
端午戏作………………………………………………… 53
与国华、求能平乐古镇饮茶叠韵（二首）…………… 53
与诗友同游邛崃天台山………………………………… 54
闻官员贪污逃往国外…………………………………… 54
游金湖荷乡……………………………………………… 55
金湖赏荷戏作（二首）………………………………… 55
与诗友访瓜洲…………………………………………… 56
吊出河店古战场………………………………………… 56
游呼伦贝尔大草原（十首选六）……………………… 56
  羊　群………………………………………………… 56
  长　啸………………………………………………… 57
  逢　雨………………………………………………… 57
  野　餐………………………………………………… 57
  哨　所………………………………………………… 57
  游　山………………………………………………… 57
"海上清音"周年感赋用前韵…………………………… 58
闲居遣兴………………………………………………… 58
题某石头盆景…………………………………………… 58

| | |
|---|---|
| 戏题保定直隶总督府 | 59 |
| 与星汉、书贵雨中游白洋淀 | 59 |
| 宋辽古边境地道 | 59 |
| 访瓦桥关遗址 | 60 |
| 咏　月 | 60 |
| 中华诗词研究院揭牌仪式上口占 | 60 |
| 游雁窝岛湿地 | 61 |
| 参观科技实验田戏作 | 61 |
| 参观八五九农场知青陈列室 | 61 |
| 东安镇乌苏里江上乘游艇观光 | 61 |
| 登黑瞎子岛哨塔 | 62 |
| 诗人自嘲 | 62 |
| 参加厦门第三届中国诗人节在海监艇上作 | 62 |
| 戏题黄鹤楼 | 63 |
| 赏小园秋色 | 63 |
| 重游垂虹桥（二首） | 63 |
| 龙华寺与启宇、梦芙小聚 | 64 |
| 眼疾戏作 | 64 |
| 冬日戏作 | 65 |
| 赴京高铁车途经泰山 | 65 |
| 临江仙·咏雪步文朝兄原韵 | 65 |
| 秋　叶 | 66 |
| 水调歌头·听音乐 | 66 |
| 春风得意楼与鲁宁、衍亮品昆仑雪菊茶（四首） | 66 |
| 初春雨夜 | 67 |
| 仰　卧 | 68 |

| | |
|---|---|
| 诗友赠新茶口占 | 68 |
| 怀念杜甫 | 68 |
| 在京过清明节 | 69 |
| 游铜川红军谷 | 69 |
| 黄河壶口瀑布 | 69 |
| 游大夏国都统万城遗址 | 70 |
| 壬辰牡丹诗会 | 70 |
| 龙华寺牡丹诗会步照诚方丈韵 | 70 |
| 见牡丹已残怅然怀人（二首） | 71 |
| 树喜兄寄海棠诗赋此作答（二首） | 71 |
| 遣兴 | 72 |
| 壬辰浴佛节龙华古刹听古琴（四首选二） | 72 |
| 探望（五首） | 73 |
| 赴汶川途中（二首） | 74 |
| 北川老县城地震遗址（二首） | 75 |
| 闻鹳雀楼重建 | 75 |
| 壬辰端阳作 | 76 |
| 观抽象派画展 | 76 |
| 游湿地 | 77 |
| 广西民歌手诗词创作研讨会上作 | 77 |
| 雨中访宜州山谷祠 | 77 |
| 宜州南楼遗址吊黄公山谷 | 78 |
| 悼念 | 78 |
| 再悼念 | 78 |
| 游白羊峪长城 | 79 |
| 山叶口景区国家地质公园 | 79 |

| | |
|---|---|
| 六五初度客居京城作 | 79 |
| 游辽阳 | 80 |
| 爬 | 80 |
| 游青海湖 | 80 |
| 西宁赴拉萨火车上三绝句 | 81 |
| 参观布达拉宫 | 81 |
| 青藏高原采风 | 82 |
| 在高海拔藏民家进餐 | 82 |
| 南迦巴瓦雪山 | 82 |
| 游南伊沟原始森林 | 83 |
| 读六世达赖仓央嘉措传记与情诗有感赋三绝句 | 83 |
| 题喜玛拉雅山脉 | 84 |
| 沁园春·咏奇石 | 84 |
| 高原天空印象 | 85 |
| 车过米拉山口 | 85 |
| 题虞姬墓 | 85 |
| 钓鱼岛有感 | 86 |
| 访韩国陶山书院 | 86 |
| 与诗友访苍梧六堡茶乡 | 87 |
| 苍梧西江望月 | 87 |
| 重阳 | 87 |
| 闲吟 | 88 |
| 梦友 | 88 |
| 访二陆草堂 | 88 |
| 小犬灰灰 | 89 |
| 重游灵岩山 | 89 |

| | |
|---|---|
| 同游吴郡赠友 | 89 |
| 访西津渡 | 90 |
| 登北固楼 | 90 |
| 访蒲松龄故居 | 90 |
| 戏题《三国演义》连环画 | 91 |
| 德祥兄赠诗步韵奉和 | 91 |
| 文富兄赠诗步韵奉和 | 91 |
| 癸巳蛇年戏作 | 92 |
| 西江月・步树喜兄韵 | 92 |
| 风雪夜早睡，戏作 | 92 |
| 悼赵洪银兄 | 93 |
| 吊唁 | 93 |
| 诗路历程 | 93 |
| 岁暮 | 94 |
| 悼苏振达友 | 94 |
| 壬辰腊月廿三日与诗友小聚莘庄公园 | 94 |
| 看电视新闻报道春运，口占一绝寄衍亮 | 95 |
| 豫园观灯 | 95 |
| 赏花 | 95 |
| 写诗记事 | 96 |
| 访燕子楼 | 96 |
| 参观淮海战役纪念馆 | 97 |
| 登戏马台 | 97 |
| 访徐州放鹤亭 | 97 |
| 读书记事 | 98 |
| 悼念雅安地震遇难者 | 98 |

癸巳谷雨与诸诗友龙华寺塔影苑小聚……98
答武阳友……99
未 老……99
送 春……99
梁思成林徽因北京故居被拆……100
戏咏某官……100
登西塞山……100
访黄州东坡赤壁……101
自汉返沪寄骁勇诗友并步其韵……101
喜 雨……101
悼小犬灰灰……102
悼小犬灰灰再赋一绝……102
愁……102
谒海丰文天祥公园方饭亭……103
与诗友汕尾遮浪海滩听涛……103
步韵送别衍亮诗友……103
题常熟尚湖……104
酷暑戏作……104
戏说房市……104
忆 昔……105
读袁崇焕传有感赋二律……105
金湖荷花荡（二首）……106
咏 荷……107
咏红豆……107
大 暑……107
毛笔抄诗戏作……108

答星汉兄……108
与文朝、建新乘船夜游黄浦江……109
与笃文教授、文朝将军拜会华林丈室照诚上人……109
生日独酌……109
贺香港诗词学会林峰会长八十寿诞……110
祝贺周老退密先生百岁寿诞……110
游顾渚寿圣寺赋长句呈界隆上人……111
步韵答京战兄……111
中秋节前与商界诸友聚饮……112
祝贺吴江诗词协会（秋鲈诗社）成立十周年……112
登鹤山升仙台……112
游崂山因大雨未登临观景赋此……113
游济南老街巷……113
访山东大学……114
中秋戏作依树喜兄韵……114
中秋戏作……115
谒遗山墓园……115
访忻州傅山园二律……116
登雁门关……117
念奴娇·雁门关抒感同萨都刺登石头城用东坡韵……117
登代县边靖楼……118
谒代县杨家祠堂……118
登宁武关……118
宁武悬空村记游……119
游老牛湾堡……119
吊古战场……119

夜望偏头关 …………………………………… 120
西口古渡感赋 ………………………………… 120
往事记忆 ……………………………………… 120
赴黔火车上过重阳吟成寄友 ………………… 121
车行从贵阳赶往兴仁途中作 ………………… 121
游黄果树戏作 ………………………………… 121
西江千户苗寨纪游 …………………………… 122
游青岩古镇 …………………………………… 122
游东老爷山 …………………………………… 122
咏环县民间道情皮影戏 ……………………… 123
参观东山生态环境综合治理 ………………… 123
登高望虎洞乡大型梯田 ……………………… 123
答星汉兄原韵 ………………………………… 124
西林禅寺品茶 ………………………………… 124
游顾渚古银杏公园 …………………………… 124
咏长兴寿圣寺古银杏 ………………………… 125
宿朱家角 ……………………………………… 125
朱家角饮茶 …………………………………… 125
游千灯镇 ……………………………………… 126
别塔影苑（八首）…………………………… 126
冬至夜 ………………………………………… 128
写诗戏作二绝句 ……………………………… 128
12月26日 ……………………………………… 129
元　旦 ………………………………………… 129
元宵咏月 ……………………………………… 130
岁　杪 ………………………………………… 130

闻中央出台八项规定……………………………………130
甲午春节………………………………………………131
马年咏马………………………………………………131
除 夕……………………………………………………131
甲午书感………………………………………………132
龙华寺接财神戏作……………………………………132
春 雪……………………………………………………132
情人节戏作……………………………………………133
欣 闻……………………………………………………133
过旧宅…………………………………………………133
夜 思……………………………………………………134
读《离骚》……………………………………………134
记马航失联……………………………………………134
咏洪洞大槐树…………………………………………135
游子吟…………………………………………………135
题洪洞苏三监狱………………………………………136
咏霍泉…………………………………………………136
访晋祠…………………………………………………136
小 桃……………………………………………………137
游复兴公园在童年留影处久坐………………………137
谒阮籍墓………………………………………………137
东坝头乡黄河岸边作…………………………………138
读书戏作………………………………………………138
游横店影视城…………………………………………139
参加遂昌汤显祖文化节观看昆曲《牡丹亭》………139
游遂昌金矿公园………………………………………139

诗友聚江南村酒家再叠前韵……………………………… 140
诗友微信寄来荷花照片一组瞻慕久之得句……………… 140
访焦山碑林………………………………………………… 141
登北固山…………………………………………………… 141
疑 团……………………………………………………… 142
甲午四月初八浴佛节之夜在龙华古寺听音乐会………… 142
与诗友长兴茶园饮茶……………………………………… 142
小 满……………………………………………………… 143
游惠州西湖………………………………………………… 143
游桂平龙潭森林公园……………………………………… 144
桂平西山咏松……………………………………………… 144
游西山龙华寺……………………………………………… 144
访金田营盘感赋…………………………………………… 145
游白石山…………………………………………………… 145
与德明鲁宁衍亮同游天平山……………………………… 146
赠高立元将军……………………………………………… 146
访听花堂…………………………………………………… 146
题周迪平画展……………………………………………… 147
浪淘沙·怀旧（五首）…………………………………… 147
浪淘沙·往事……………………………………………… 149
浪淘沙·遣怀……………………………………………… 149
舻乡山庄听琴二绝句……………………………………… 149
购苏州湾吾悦公馆寓所步永兴原韵……………………… 150
捣练子·怀念（二首）…………………………………… 150
与星汉东遨新河诸诗友登容州经略台真武阁…………… 151
西江月·参观南方黑芝麻公司赠李汉荣主席…………… 151

戏咏芝麻糊……………………………………………151
咏千年古藤……………………………………………152
谒太清宫老子故里……………………………………152
谒太昊伏羲陵…………………………………………153
谒伏羲画卦台…………………………………………153
谒孔子弦歌台…………………………………………153
登麦积山………………………………………………154
谒天水伏羲庙…………………………………………154
游陇南西狭颂景区……………………………………154
访陇南杜少陵祠………………………………………155
游崂山书感……………………………………………155
与诗友大明湖饮茶……………………………………155
"中华诗词当代创作的价值及其发展研讨会"召开，
　　口占一律…………………………………………156
游永嘉楠溪江…………………………………………156
游石桅岩………………………………………………156
访永嘉苍坡村…………………………………………157
江心屿与诗友小聚……………………………………157
赴黔江车上作…………………………………………157
黔江客舍月夜…………………………………………158
中秋望月………………………………………………158
中秋夜宿黔江香山寺…………………………………158
中秋之夜武陵山顶篝火晚会…………………………159
赏黔江兰溪夜景………………………………………159
游阿蓬江………………………………………………159
游黔江蒲花暗河………………………………………160

重阳登高…………………………………………160

"九一八"八十三周年口占……………………160

赴西昌途中………………………………………161

秋游邛海…………………………………………161

访安顺场…………………………………………161

咏桂花……………………………………………162

甲午九日步老杜韵………………………………162

观月全食现"红月亮"奇观……………………162

女儿出嫁…………………………………………163

附：星汉《贺杨梦依黄昕新婚，
步乃翁〈女儿出嫁〉韵》………………………163

闲　居……………………………………………163

登泰州望海楼……………………………………164

游溱湖湿地公园…………………………………164

甲午闰秋九日戏作………………………………164

期　盼……………………………………………165

游海南临高角有怀苏轼王佐……………………165

访儋州东坡书院…………………………………165

五指山下作………………………………………166

天涯海角戏作……………………………………166

海棠湾所见………………………………………166

博鳌亚洲论坛永久会址留影戏作………………166

题"海上森林"…………………………………167

谒海口五公祠……………………………………167

游海南岛火山口…………………………………167

戏咏老骨头………………………………………168

| | |
|---|---|
| 翁媪 | 168 |
| 游吴江圆通寺 | 168 |
| 游震泽古镇 | 169 |
| 登燕子矶 | 169 |
| 访美龄宫 | 169 |
| 游采石矶 | 170 |
| 吊李白墓 | 170 |
| 题南京大屠杀死难同胞纪念馆 | 170 |
| 赴昆明飞机上作 | 171 |
| 访翁丁原始部落群四首（选二） | 171 |
| 游云南沧源 | 172 |
| 遮哈村芒团组观看傣家女造纸 | 172 |
| 向明中学同班同学清风人家茶馆聚会赋三绝句 | 172 |
| 参加追悼会 | 173 |
| 乙未春节遣兴 | 174 |
| 冬夜 | 174 |
| 立春琐记 | 174 |
| 拂晓前醒来见明月临窗，摄影并题 | 175 |
| 新春书感 | 175 |
| 独坐 | 175 |
| 小区漫步 | 176 |
| 杂兴 | 176 |
| 听春雨戏作 | 176 |
| 见岳飞"还我河山"题字有感 | 177 |
| 见小学毕业证书有感 | 177 |
| 乙未春日谒中山陵 | 177 |

登阅江楼……178
登茅山……178
重访淡水新村……178
为温哥华诗社七周年暨华人老年协会十周年吟句遥寄…179
吴江新居步放翁诗韵……179
出席全球汉诗总会成立二十五周年汕头会议作……179
南澳岛谒陆秀夫墓……180
题文光塔……180
谒潮州韩文公祠……180
悼念潘朝曦兄三绝句……181
登慕田裕长城书怀……181
题见峰小院……182
戒烟日作……182
友人三年祭……183
入梅大雨戏作……183
中东呼吸综合征日趋严重……183
乙未端午……184
宿天目山谷雨潭……184
题鹳雀楼……185
悼念谢春江兄赋三绝句……185
访尼山……186
谒太昊陵……186
谒曲阜周公庙……186
访陋巷故址……187
谒邹城孟母林……187
游明鲁王陵戏作……187

戏咏股市……………………………………………188
夜步遣怀……………………………………………188
祝贺中华诗词学会第四次代表大会
　　在京召开步马凯诗韵………………………188
游南汇嘴……………………………………………189
题中国航海博物馆…………………………………189
暑伏戏作……………………………………………189
生日戏作……………………………………………190
读柳永词（四首）…………………………………190
剑……………………………………………………191
草原骑马……………………………………………191
草原远眺……………………………………………192
出席中华诗词学会第四次全国会员代表大会……192
立元将军设宴与诸友小酌，原韵奉和……………192
倚云诗友嘱题陈少梅画……………………………193
中国作协北戴河创作之家休假，戏作一律………193
北戴河鹰角亭………………………………………193
游山海关……………………………………………194
秦皇岛乘游船戏作…………………………………194
老　来………………………………………………194
南戴河中华荷园口占一绝题于所摄残荷照片上…195
见大雁排列人字形横空而过………………………195
老三届戏作…………………………………………195
乙未中秋宿苏州三绝句（选二）…………………196
游虎丘………………………………………………196
秋　兴………………………………………………197

汕头宿海逸大酒店观海·················197
参观汕头侨批文物馆赋三绝···············197
游汕头铁林禅寺呈海慧上人···············198
贺武健华将军九十寿诞··················199
游苏州山塘街赋四绝句（选二）············199
访黄仲则故居······················200
游东坡公园·······················200
登狼山··························201
访三峡人家·······················201
游长江三峡·······················201
游龙进溪························202
游灯影峡························202
参观石牌抗日纪念馆··················202
游三峡··························203
访徐志摩故居······················203
访王国维故居······················203
听阿炳二胡曲······················204
动车过无锡忆石塘老宅·················204
瞻仰大足石刻（三首）·················204
赞龙华寺新铸大钟···················205
元旦步照诚上人韵···················205
题远帆楼·························206
题山水长卷·······················206
雪后赴吴江·······················206
丙申猴年立春戏作咏猴三绝句············207
　（一）身居要职之猴·················207

（二）官二代官三代之猴…………………………207
　　（三）山野平民之猴……………………………207
丙申立春后一日外孙女诞生口占一绝………………207
元夕游园………………………………………………208
春日杂兴二律…………………………………………208
悼念田遨老四绝句……………………………………209
恭王府海棠雅集………………………………………210
游丽水九龙湿地………………………………………210
游古堰画乡……………………………………………210
游龙泉下樟村…………………………………………211
题龙泉青瓷小镇………………………………………211
咏云和梯田……………………………………………211
游云和湖仙宫景区……………………………………212
疫　苗…………………………………………………212
韩国义城金氏五土斋探访有感（限韵）………………212
清明祭扫………………………………………………213
迎春戏笔………………………………………………213
与诗友游趵突泉公园…………………………………214
济南凭吊张养浩墓……………………………………214
游华阳宫………………………………………………214
千佛山一览亭与诗友饮茶……………………………215
游云南石林……………………………………………215
题安海龙山寺…………………………………………215
逛晋江五店老街………………………………………216
访草庵…………………………………………………216
侯孝琼教授八十寿诞戏赋七律一首遥贺……………217

过母亲节 …………………………………… 217
春 行 …………………………………… 217
题鼎湖峰黄帝祠宇 ……………………… 218
访大木山茶园 …………………………… 218
题广隆剑阁 ……………………………… 218
游丽水 …………………………………… 219
游石门洞 ………………………………… 219
题青田石雕博物馆 ……………………… 219
游千峡湖 ………………………………… 220
崇明采风诗抄 …………………………… 220
  西沙湿地 …………………………… 220
  明珠湖 ……………………………… 220
  金鳌山 ……………………………… 221
  熏衣草爱情主题公园 ……………… 221
  东平森林公园 ……………………… 221
  新民村农家 ………………………… 222
丙申端午感怀 …………………………… 222
黄河游览区书感 ………………………… 222
题临江楼 ………………………………… 223
忆 昔 …………………………………… 223
暴风雨戏作之一 ………………………… 224
暴风雨戏作之二 ………………………… 224
老母生病赋三绝句 ……………………… 224
丙申生日 ………………………………… 225
立秋咏云 ………………………………… 226
访某山村 ………………………………… 226

| | |
|---|---|
| 牛首山地宫 | 226 |
| 登阅江楼 | 227 |
| 访开封天波府 | 227 |
| 游禹王台诸名胜 | 227 |
| 住院体检戏作 | 228 |
| 中秋无月 | 228 |
| 题"晚风随笔" | 228 |
| 瑞祥寺访念慧上人 | 229 |
| 浣溪沙 | 229 |
| 与诗友吴江小聚 | 230 |
| 丙申重阳参加瑞祥寺落成开光大典 | 230 |
| 赏桂 | 230 |
| 出生地原中德医院大门口小立（现为慧公馆） | 231 |
| 与诗友龙华寺小聚 | 231 |
| 悼念母亲 | 231 |
| 丙申冬至 | 232 |
| 丁酉鸡年戏作 | 232 |
| 丁酉春节思亲三绝句 | 232 |
| 乙酉新年漫笔步陈子龙人日立春韵 | 233 |
| 春　雨 | 233 |
| 题吴江新居 | 234 |
| 水龙吟·贺中华诗词学会成立三十周年 | 234 |
| 接女儿电话 | 235 |
| 遣　兴 | 235 |
| 游泾县桃花潭步太白诗韵 | 236 |
| 宿太平湖畔农家 | 236 |

访赛金花故居 …… 236
游西递古村 …… 236
访季子挂剑台 …… 237
访黄楼三绝句 …… 237
清禄书院品香 …… 238
参加义乌第二届上巳节 …… 238
参加义乌第二届上巳节分韵得游字 …… 238
游兴化千垛菜花景区 …… 239
游李中水上森林公园 …… 239
访板桥故居感赋三绝句 …… 239
海棠雅集三绝句 …… 240
题开封西湖 …… 241
答立元将军并步其韵 …… 241
题小汤山清宫浴室遗址 …… 242
悼念母亲 …… 242
访涂山禹王宫 …… 242
丁酉端午戏作 …… 243
访湖州下菰城遗址 …… 243
游顾渚 …… 244
平乐镇花楸山访李家大院 …… 244
游川西竹海 …… 244
访杜甫草堂 …… 245
成都返上海动车上口占 …… 245
客怀 …… 245
纪游 …… 246
端居 …… 246

读杨宪益戴乃迭传奇有感 …………………………… 246
咏西安 ………………………………………………… 247
登华山（二首） ……………………………………… 247
下山戏作 ……………………………………………… 248
伏暑戏作 ……………………………………………… 248
论　诗 ………………………………………………… 248
暮　年 ………………………………………………… 249
"小楼听雨"微信平台周年庆 ………………………… 249
题韩倚云所绘绿园论诗图 …………………………… 249
自　嘲 ………………………………………………… 250
七十戏作 ……………………………………………… 250
立　秋 ………………………………………………… 250
闻九寨沟地震 ………………………………………… 251
一　生 ………………………………………………… 251
参观苏州博物馆 ……………………………………… 251
游甪直古镇 …………………………………………… 252
阳澄湖畔漫步 ………………………………………… 252
谒陆龟蒙墓 …………………………………………… 252
参加第五届中国诗歌节感赋 ………………………… 253
谒屈原祠书感 ………………………………………… 253
题宜都合江楼 ………………………………………… 253
中镇诗社成立十五周年吟俚句以贺（二首） ……… 254
老　境 ………………………………………………… 254
访三游洞 ……………………………………………… 255
登至喜亭 ……………………………………………… 255
三峡起始点 …………………………………………… 255

题张飞擂鼓台 ……………………………… 256
丁酉中秋 …………………………………… 256
禹王歌 ……………………………………… 257
咏九龙桂 …………………………………… 258
在浦城听陈长林师生古琴音乐会 ………… 258
谒真德秀西山故居 ………………………… 258
咏武松鲁达 ………………………………… 258
中　秋 ……………………………………… 259
丁酉中秋后二日太湖边望月，
　　电视台称今年八月十五月亮十七圆 …… 259
摊破浣溪沙·中秋 ………………………… 259
咏　桂 ……………………………………… 260
游枫泾古镇 ………………………………… 260
重访铁林寺再用前韵呈海慧上人 ………… 260
遣　兴 ……………………………………… 261
重读王冕墨梅诗有感 ……………………… 261
丁酉重阳 …………………………………… 261
游汉阳晴川阁 ……………………………… 262
参观福州中国船政博物馆 ………………… 262
访福州林则徐故居 ………………………… 262
访冰心故居 ………………………………… 263
逛福州三坊七巷 …………………………… 263
参加全球汉诗总会潮州年会感赋 ………… 263
题泉州洛阳桥 ……………………………… 264
游泉州开元寺 ……………………………… 264
咏灵岩山 …………………………………… 264

| | |
|---|---|
| 题冬叶照片 | 265 |
| 游金山寺 | 265 |
| 回忆高考一九七七 | 265 |
| 都市素描 | 266 |
| 参加第三届诗词中国传统诗词创作大赛颁奖典礼 | 266 |
| 母亲周年祭日 | 266 |
| 某公去世后有人写诗诋毁 | 267 |
| 双亲落葬日作 | 267 |
| 咏金骏眉 | 267 |
| 观看电影《芳华》 | 268 |
| 元旦口占 | 268 |
| 读欣淼会长七十咏怀有感，赋一律寄呈 | 268 |
| 咏石像三绝句 | 269 |
| 腊八感怀 | 269 |
| 赞颜回 | 270 |
| 飞机上戏作 | 270 |
| 回忆辞职 | 270 |
| 申城丁酉初雪 | 271 |
| 雪　夜 | 271 |
| 戊戌元日咏犬（三首） | 271 |
| 除夕戏作 | 272 |
| 雪　日 | 273 |
| 新几社雅集 | 273 |
| 咏　月 | 273 |
| 立春后一日 | 274 |
| 偶　感 | 274 |

送灶日戏作 …………………………………… 275

题书斋 ………………………………………… 275

读 史 …………………………………………… 275

雨中小镇 ……………………………………… 276

偶 成 …………………………………………… 276

题鹅卵石 ……………………………………… 276

人日戏作 ……………………………………… 277

戊戌元宵 ……………………………………… 277

戏咏裸官 ……………………………………… 277

登 山 …………………………………………… 278

藏 书 …………………………………………… 278

悼霍金 ………………………………………… 279

写 诗 …………………………………………… 279

赏樱四绝句 …………………………………… 280

医院探望求能兄 ……………………………… 281

访广富林遗址公园 …………………………… 281

清明口占三绝句 ……………………………… 282

飞机上戏作 …………………………………… 282

黄河边作 ……………………………………… 283

黄河游览区书感 ……………………………… 283

访杜甫故里 …………………………………… 283

宿婺源熹园 …………………………………… 284

游婺源晓起村三绝句 ………………………… 284

整理旧信见田遨喻蘅胡邦彦等诸前辈所赐大函有感 …… 285

迦陵学舍戊戌海棠诗会步叶老韵 …………… 285

咏迦陵学舍海棠花 …………………………… 285

黄河天下诗林植树…………………………………… 286
登合肥包公祠清风阁………………………………… 286
谒包孝肃公墓园……………………………………… 286
咏汉字………………………………………………… 287
登灵山………………………………………………… 287
游三清山……………………………………………… 287
母亲节………………………………………………… 288
大学同窗入校四十年后重聚感赋…………………… 288
读苏轼诗文有感……………………………………… 289
闻金柱白先生辞去义城金氏庆南宗
亲会会长之职感赋一律遥寄………………………… 289
咏样式雷……………………………………………… 289
高铁过长江大桥……………………………………… 290
宿达州莲花湖宾馆…………………………………… 290
湿地公园戏作………………………………………… 290
访达州元稹纪念馆…………………………………… 291
访谭家沟村…………………………………………… 291
游八台山（二首）…………………………………… 291
马渡关荔枝古道……………………………………… 292
访百丈村李依若故居………………………………… 292
儿童节戏作…………………………………………… 293
登雷峰塔……………………………………………… 293
谒净慈寺济公殿……………………………………… 293
闻大明星偷税漏税戏作……………………………… 294
偶　书………………………………………………… 294
思念父母……………………………………………… 295

| 首届中华诗人节在荆州开幕 | 295 |
| 登荆州古城楼 | 295 |
| 参观荆州楚王车马阵景区 | 296 |
| 游关公义园口占 | 296 |
| 戊戌端午戏作 | 296 |
| 宿千朝观园晋商大院 | 297 |
| 参观乔家大院 | 297 |
| 新场古镇采风 | 297 |
| 访莱蒙托夫庄园 | 298 |
| 游克里姆林宫 | 298 |
| 夜逛阿尔巴特大街在普希金故居前久立 | 298 |
| 行吟涅瓦河畔 | 299 |
| 题普希金城 | 299 |
| 访圣彼得堡文艺咖啡馆 | 299 |
| 逛涅瓦大街 | 300 |
| 悼熊鉴老 | 300 |
| 悼刘光第 | 300 |
| 戊戌初度随感 | 301 |
| 立秋 | 301 |
| 秋老虎戏作 | 301 |
| 七夕口占 | 302 |
| 戊戌夏日置换住房遇黑中介有作 | 302 |
| 中元节 | 302 |
| 秋霁 | 303 |
| 上网 | 303 |
| 留别茅台花苑 | 303 |

题茆帆画石……304
探望林老从龙先生三绝句……304
游长江三峡大坝……305
中秋口占……305
读 史……305
闻桂花香得四绝句……306
祝贺新疆诗词学会换届暨星汉兄当选会长……307
秋 感……307
金柱白先生编辑义城金氏庆南宗亲会 25 年宗务白书，
　　赋诗致贺……307
立冬赏菊……308
题晋祠周柏……308
题千朝观园七律（二首）……308
游平遥古城……309
祭祁县王维衣冠冢……309
与义乌诸诗友小聚口占……310
东海水晶城采风……310
题西双湖……310
闲 居（二首）……311
从上海到蒙自近六千里，高铁连小车花时十六小时，
　　下榻酒店后口占……311
母亲二周年忌日作……312
游大观楼……312
石 林……312
扫墓口占……313
叶小鸾故宅残址感赋……313

题 照 ·················································· 313

乘 T81 次车赴梧州途中遇雪·················· 314

元旦绝句（三首）································ 314

车上口占 ············································ 315

读田书院步汉荣兄原玉························· 315

游宜春温汤古镇··································· 315

岁残书感 ············································ 316

奉和海慧上人铁林晨感原玉···················· 316

咏珍藏四十馀年之茅台酒······················· 316

科学家发现外星人发来无线电波·············· 317

岁杪戏作 ············································ 317

除 夕 ·················································· 317

咏机器人 ············································ 318

老年随想 ············································ 318

元宵即兴 ············································ 318

雪 霁 ·················································· 319

老年随笔 ············································ 319

悼蔡老厚示先生··································· 319

春 雨 ·················································· 320

收看电视以俚句记之···························· 320

老 境 ·················································· 321

己亥惊蛰 ············································ 321

访龙华寺见多处花蕾萌发······················· 321

纪念五四百年步文朝兄韵······················· 322

咏白玉兰三绝句··································· 322

白玉兰凋谢感赋三绝句·························· 323

谒关林……323
游龙门石窟……324
谒白居易墓……324
洛阳赏牡丹戏作……324
戏题黑洞照片……325
参加《中华诗词》盐城大洋湾青春诗会……325
咏丹顶鹤……325
海盐丹顶鹤生态保护区访徐秀娟故居……326
游盐城大洋湾……326
游盐城抒怀……326
惊闻巴黎圣母院被焚……327
黄河边种树……327
谒黄帝故里……327
访白居易故里……328
游江家岭排砂村……328
诗友青浦樟艾居小聚……328
游太湖……329
出席中华诗词研究院与复旦大学主办的第四届
　"中华诗词古今演变研究"
　　学术研讨会暨东方美谷诗漫贤城诗歌节感赋……329
佛诞节龙华寺听音乐会即席赋四绝句……330
感事戏作二首……331
读史二绝句……332
重游复兴公园……332
上海文史馆诗词研究社成立致贺……333
赞上党碧松烟墨三绝句……333
小　院……334

题潍坊文化名人馆 …………………………… 334

游烟台昆嵛山 ………………………………… 334

登刘公岛 ……………………………………… 335

赠胶东诸诗友 ………………………………… 335

六一节四绝句 ………………………………… 335

远眺长江三峡戏作 …………………………… 336

山村小饮 ……………………………………… 337

父母遗照前作 ………………………………… 337

茆帆画万年青索句因题一绝 ………………… 337

赴重庆动车上口占 …………………………… 338

访钓鱼城 ……………………………………… 338

游白帝城 ……………………………………… 338

游奉节 ………………………………………… 339

游天坑 ………………………………………… 339

游地缝 ………………………………………… 339

雨中逛重庆洪崖洞市场 ……………………… 340

重庆与诸诗友聚饮步喜英兄原韵 …………… 340

清　明 ………………………………………… 340

栀子花开忆旧三绝句 ………………………… 341

咏龙华古琴会三绝句呈照诚大和尚 ………… 342

遣　兴 ………………………………………… 342

悼念叶老元章先生 …………………………… 343

即　兴 ………………………………………… 343

父亲101岁冥诞作 …………………………… 344

农民新村 ……………………………………… 344

感　事 ………………………………………… 345

戏题静安寺 ················································· 345
遣　兴 ····················································· 345
和稻小院诗友小聚 ········································· 346
大暑口占 ··················································· 346
悼念林老从龙先生 ········································· 346
读聂绀弩诗感赋七律（二首）····························· 347
己亥生日作 ················································· 348
利奇马台风 ················································· 348
上庐山途中口占 ··········································· 349
访美庐 ······················································ 349
题三叠泉 ··················································· 349
访庐山郭沫若旧居 ········································ 350
登浔阳楼 ··················································· 350

# 文　选

创意自成思想者　遣词兼任指挥家 ····················· 353
"拟古诗"之我见 ·········································· 376

后　记 ······················································ 383
补　记： ···················································· 385

# 诗词选

# 参加向明中学校庆（二首）

## （一）

校园重见叶初黄，握手惊呼岁月长。
半熟半生人互认，忽遐忽迩梦难忘。
痛闻师长辞尘早，喜叙儿曹上学忙。
莫问别来穷达事，鬓间谁不染繁霜？

## （二）

故雁归来聚一汀，重温风雨忆征程。
青春曾创千秋业，老大尚留"三届"名。
楼畔苗成今日树，桌前人吐昔时声。
笑看墙上欢迎语，已祝吾侪夕照明。

1997 年 10 月 18 日

【注】
向明中学 95 周年校庆，校友聚会，许多同学是三十年后第一次重逢，班主任顾端珍老师已经逝世。

## 雨夜梦故人

廿年相隔未相忘，昨夜星辰入梦乡。
拥抱行云空缱绻，叮咛流水莫匆忙。
小轩重聚天涯侣，短鬓新添雪上霜。
听不分明临别语，声声忽化雨敲窗。

1998 年 4 月 17 日

## 忧时

厌听流行靡靡歌，懒看摇滚舞婆娑。
霓灯耀眼添新象，陋俗惊心泛浊波。
世上竞奢人易醉，仓中反腐鼠仍多。
书生可笑全无策，频把柔毫当剑磨。

1998 年 7 月 15 日

## 无题

一自生分万斛愁，情千千结几时休？
不眠欲避相思梦，抵死难忘已失秋。
太敏感心多误解，最亲近侣易苛求。
重寻灯火阑珊地，又为伊人涕泪流。

1999 年 12 月 12 日

## 读《聊斋志异》有感

狷介书生势力孤,强梁世界是非无。
科场更比墨池黑,冤血屡添缨帽朱。
狐魅花妖皆可爱,狗官狼吏尽堪诛。
兽心尚有真情在,多少人心竟不如!

2000年11月8日

## 戏答友人

无须意马又心猿,斗室能安即乐园。
谢绝高薪因躲懒,应酬庸吏最嫌烦。
戏多真假任他闹,眼有白青凭我翻。
活法何妨挑一种,倘然太累岂非冤?

2001年5月5日

## 寄诗友

相见何须又恨迟?只应常乐得相知。
满天星斗同斟酒,千里情怀共酿诗。
老蚌无言珠有泪,春蚕自缚茧成丝。
挥毫总觉吟笺短,万丈涛声起砚池。

2001年9月5日

## 忆昔

老宅门墙忆卜邻，少年初识女儿心。
读诗常趁人刚散，握手方知意已深。
小别不思茶与饭，愁眠总绕影和音。
至今回首弥珍贵，一寸相思一寸金。

2002 年 3 月 29 日

## 旅途戏作

催眠旅夜曲匆匆，飞滚铁轮呼啸风。
人被车移千里外，心随月转半空中。
羡他邻榻鼾声响，笑我深宵咏兴浓。
达旦吟成诗几句，朝暾倦眼两微红。

2002 年 10 月 16 日凌晨赴豫途中

## 戏咏时间

自古风驰电掣狂，流年小驻绝无方。
苍天眨眼成昏旦，大地翻身变暖凉。
闲处恨多忙恨少，乐时嫌短苦嫌长。
斗金尺璧贪婪客，未解光阴以寸量。

2003 年 3 月 15 日

## 星空

久望银河诗未得,女儿脱口语婆娑:
星空真像天花板,谁嵌明灯这样多?

2003 年 5 月 22 日

## 茶楼遣兴

癸未七夕,与友人沏茶畅谈于黄浦江与吴淞江畔。今夏为沪上六十年来酷暑之最也。

赤日炎炎煮大江,空调雅座小轩凉。
壶中清淡心坚守,灯下温馨梦远航。
怀旧话题饶水韵,论诗情味带茶香。
今宵尽兴无须酒,只瀹新芽入醉乡。

2003 年 8 月 4 日

## 长白瀑布

飞泉峭壁泻长川,谁挂瑶琴霄壤间?
满壑高山流水曲,奏成天籁只三弦。

2003 年 8 月 25 日于吉林

## 访胡耀邦故居

入湘何事动悲情？车近苍坊路不平。
热泪频添飞雨白，高风长拂叠峦青。
柴门边树终成盖，衣履中人已化星。
赢得民心即堪慰，无须更待史官评。

2003 年 9 月 15 日于湖南浏阳

【注】
　　胡耀邦故居在湖南省浏阳市中和镇苍坊村，路在修筑中，车颠簸不已。故居中陈列胡生前所穿衣服和鞋子等遗物。

## 秋日怀友

金风玉露浥轻尘，烂漫秋山入梦频。
雨聚一时云即散，霜摧几度树还新。
忆君嗔笑浑如幻，剩我歌吟却甚真。
红叶昔时随手采，直须枯萎始知珍。

2003 年 10 月 4 日

## 戏题相册

翻开往事忆悲欢，定影分明不是烟。
结象人间尽风景，感光心底几婵娟？
梦乡焦距调难准，世态镜头抓未全。
熟悉面容留一册，他生可以证前缘。

2004 年 3 月 14 日

## 观友作书

满纸风云写大千，人生奇拙两相兼。
纤纤指动无多力，已送苍凉到笔尖。

2004 年 4 月 19 日

## 公交车上戏作

人在时髦都市中，诗情古典味仍浓。
公交车上吟成句，也带长亭短驿风。

2004 年 7 月 22 日夜半

## 残阳

万物依依露醉容，彩云留恋大江红。
残阳亘古迷人处，只在临行一瞥中。

2005 年 12 月 16 日

## 为某烧香者代言

神前许愿不奢求，又敬高香又磕头；
股本须翻千倍利，官阶更上一层楼；
新升同事遭车祸，暴富邻居被贼偷。
如此这般心便足，再捐功德把资投。

2006 年 3 月 6 日

## 答友人

当年义愤易填膺，屡作讥声与骂声。
今见不平缄恨口，缪斯教我以诗鸣。

2007 年 3 月 17 日

## 小窗

深居斗室小窗三，一扇朝东两扇南。
垂野星星挂空月，几平方米已包涵。

2007 年 3 月 21 日

## 回忆"文革"期间读文学名著

名著蓦然成毒草，偷尝即与犯科同。
几回抄录昏灯下，偶尔交流密友中。
不许少年饥择食，频教文化弱经风。
人生未觉心孤独，幸遇莎翁与托翁。

2007 年 7 月 18 日作　7 月 24 日改

## 清明纪事

小别楼群远踏青，纷纷细雨趁清明。
马龙车水趋茔地，野草山花斗画屏。
阳世甚嚣多鬼话，地球奇缺是人情。
千秋无数荒唐事，只有书生抱不平。

2008 年 9 月 13 日追记

## 饮 茶

品茗谈诗悟性开，激情高涨助吟才。
人生茶叶须冲泡，香气全从沸水来。

2008 年 11 月 20 日

## 冬日与诗友在秦淮河畔饮茶

老街临水小轩窗，对膝披襟醉茗香。
映入杯中诗侣影，射来河面夕阳光。
酷寒天气心翻热，短暂倾谈梦更长。
十里秦淮写佳话，再添一则又何妨？

2008 年 12 月 7 日作于南京　12 月 9 日改于上海

## 泰山新石刻戏作

谁家蚓字刻名山，落款原来是大官。
借问斑斑留劣迹，欲传几代后人看？

2008 年 12 月 13 日

## 题吴江垂虹桥绝句（三首）

### （一）

垂虹风韵剩谁知？过客匆匆车疾驰。
只有诗人情结在，桥残缺处立多时。

### （二）

情韵能消几代魂？垂虹魅力断犹存。
我来踱步残桥上，踩到姜夔旧履痕。

### （三）

长桥倩影碧波中，千古骚人怜爱同。
纵使崩倾成两段，心头依旧一垂虹。

2008 年 12 月 15 日作于吴江　12 月 22 日定稿于上海

## 牛年戏作

鞭炮迎来天上牛，耕云喘月有惊眸。
献身常被庖丁解，俯首曾遭孺子揪。
望涨股民贪得利，擅吹公仆惯遮羞。
人间非复当年景，地不须犁遍耸楼。

2009 年 1 月 17 日作　1 月 21 日改

## 迎财神戏作

满城鞭炮炸惊雷，馅饼今宵掉下来。
户户相同悬倒福，心心无异盼横财。
神爷天上难行赏，物欲人间漫作灾。
莫若山河重整顿，摇钱树遍地球栽。

2009 年 1 月 30 日

## 咏梅绝句

气骨才情不入时，与君相遇即相知。
书生落拓无多力，呵护梅花尚有诗。

2009 年 2 月 10 日

## 桐庐严子陵钓台书感兼怀韩国金退庵先生

茂树闲云护钓台，追思高士久徘徊。
同窗不肯为官去，异国何妨结伴来。
崖上镌碑留气骨，江心落月显襟怀。
千年只有渔樵客，直辖山川任总裁。

2009 年 2 月 11 日

## 情人节戏作

外来佳节忽时髦,抢手玫瑰价涨高。
生命一回诚可贵,爱情三角不能抛。
法庭增幅离婚案,媒体升温异性交。
多少阑珊灯火处,风流人物看今宵。

2009 年 2 月 14 日作 2 月 20 日改

## 诗社戏咏

社团别是一官场,会议安排座次忙。
领导称呼原职务,听来依旧很风光。
印来名片几头衔,级别标明离退前。
工部翰林先例在,胜称诗圣与诗仙。

2009 年 2 月 24 日

## 春雨

漫天细雨落轻丝,涨满江南处处池。
花蕾浅尝皆欲醉,草芽微润即如痴。
染匀林色成长卷,湿透乡情入小诗。
张臂我抛游子伞,与春拥抱立多时。

2009 年 4 月 13 日

## 题玉溪聂耳青铜塑像

尘满发丝风动襟，玉溪长奏小提琴。
几时开路先锋曲，响过人间靡靡音？

2009 年 5 月 7 日于云南玉溪

## 游秀山

协奏林风与野禽，亭台三教共清音。
苍藤老树相安长，各护深山一片阴。

2009 年 5 月 7 日于云南玉溪

## 出席西安第二届中国诗歌节戏作

锦心绣口聚长安，汉韵唐风满讲坛。
堪幸诗歌遭重视，前排入座尽高官。

2009 年 6 月 2 日

## 夏日遣兴

炎光密叶遮，深巷散人家。
榻上书埋枕，窗前雀啄花。
汉碑临捺撇，越曲唱咿呀。
不借空调力，清凉自品茶。

2009 年 6 月 8 日作　9 月 4 日改

## 游云窝寺

穿林踏径入云窝，感受清凉净界多。
涧水不知何事急，匆匆喧嚷下山坡。

2009 年 7 月 14 日于云南开远

## 灵芝湖溜索

一跃腾空碧四围，书生溜索御风归。
俯看山色湖光动，不是云飞是我飞。

2009 年 7 月 14 日于云南开远

## 游云南建水燕子洞

往返龙舟载客忙，青山肚里水流长。
甜稠一碗燕窝粥，钻到地心深处尝。

2009 年 7 月 18 日于云南建水

## 咏日全食

两球如醉复如疯，执着追寻蓦地逢。
盼此五分钟拥抱，守他三百载时空。
金环着火燃烧梦，钻石含情辐射虹。
何啻聚焦人十亿，遮天一吻映双瞳！

2009 年 7 月 22 日上午 9 时 36 分上海日全食　7 月 26 日改

## 朱家角阿婆茶馆与诗友饮茶

江南偶聚几诗人，围坐茶楼与水亲。
五个放生桥孔影，沏成一碗碧螺春。

2009 年 8 月 3 日

## 题朱家角明清老街

斑驳门墙四百秋，短檐深巷梦痕留。
游人又趁江南雨，踩响茶楼与酒楼。

2009 年 8 月 4 日

## 游朱家角古镇

水网乘舟欸乃通，游人逸兴蓦然浓。
濛濛打湿情怀雨，淡淡吹干记忆风。
茶馆斟诗河岸北，酒楼酿梦石桥东。
谁知宋代清明卷，长展江南小镇中。

2009 年 8 月 4 日作　8 月 10 日改

## 写 诗

笔如搅棒字如泥，和水揉山捏小诗。
残梦斑斓留彩釉，寸心烧出一窑瓷。

2009 年 8 月 22 日

## 八景园与诗友饮茶

堪栖息地已无他，几个书生梦即家。
热土又添千栋宇，小园才饮一壶茶。
谈诗语健情常沸，观景心平眼未花。
佳句喜如高树叶，新抽不是旧年芽。

2009 年 9 月 4 日

## 中秋赏月

琼楼仰望梦丛生,枕畔清辉雪样明。
不是空中偏爱月,此星球太富人情!

2009 年 10 月 3 日作　10 月 4 日凌晨四时改稿

## 国庆阅兵有感

文明古国乃天骄,紫电清霜足自豪。
何日甲兵都不用,好钢全铸世间桥。

2009 年 10 月 4 日

## 中国大戏院怀旧

重来戏院大门前,倒转流光五十年。
观剧沉迷童子梦,坐车偎倚父亲肩。
砖墙守旧千层土,岁月翻新一阵烟。
伤感袭人如急雨,霎时湿透到心田。

2009 年 10 月 6 日晚　10 月 9 日改

【注】
五十年前我读小学时,父亲常常骑车送我到中国大戏院,让我独自观看京剧或绍剧的《西游记》,记得有《三打白骨精》《红孩儿》《无底洞》等等。我常常坐在三楼,因为那里票价最便宜。到快要剧终时,父亲再来接我,骑车带我回家(淡水村)。

## 赠书家

百体千形任意描,山川云树各多娇。
天公爱美心难足,更遣书家造线条。

2009 年 10 月 12 日

## 秋夜遣怀

岁岁秋相逼,豪吟渐渐难。
月穿帘影湿,风过叶声干。
碧水如斯逝,黄花为底残?
几多新旧梦,堆积满危栏。

2009 年 10 月 17 日

## 吴江吟

金风凉爽拂银须,欲向吴江问卜居。
享受当年张翰乐,桂花香里吃鲈鱼。

2009 年 10 月 21 日于吴江

## 再题垂虹桥

不见垂虹见断虹，粼粼碧水动苍穹。
可怜维纳斯之美，犹在残肢碎石中。

2009 年 10 月 22 日于吴江

## 参观吴江太阳湖大花园

小洋楼傍太湖滨，林木扶苏四季春。
奢简民居霄壤别，阳光普照两群人。

2009 年 10 月 22 日于吴江　10 月 25 日修改

## 重阳赏月

夜上危楼秋气寒，天悬半壁耐人看。
书生感佩娟娟月，独处盈亏总泰然。

2009 年 10 月 26 日

## 题颛桥寝园

清明冬至日，烧纸起悲风。
岁月园中葬，亲情梦里逢。
云归终寂寂，雨过自匆匆。
到此叹无奈，阴阳路不通。

2009 年 11 月 11 日

## 冬日即兴

才送残秋又迓冬，与时俱进忽成翁。
风吟岛瘦郊寒里，雪舞元轻白俗中。
旧体喜装新梦境，少年惊变老顽童。
人生卦象无须卜，感觉朦胧味更浓。

2009 年 11 月 29 日作  12 月 2 日改

## 重访老宅

淡水新村访旧家，灰墙红瓦老藤爬。
密林藏梦光斑驳，斜日牵情影叠加。
星散芳邻云外雁，尘封往事路边花。
遥看熟悉窗台上，趴着生疏叟与娃。

2009 年 12 月 3 日凌晨

## 咏福建冠豸山生命之根生命之门

峰向苍天竖彼根，岩临碧水展斯门。
但求人类观奇景，深感乾坤养育恩。

2009 年 12 月 8 日于福建连城　12 月 10 日改

## 下厨戏作

三餐日理近厨庖，尽责男儿买汰烧。
承受时蔬价频涨，寻思口味众须调。
小鲜烹罢担忧国，饱腹扪来议论毛。
无所用心非易事，读书人总有牢骚。

2009 年 12 月 18 日

## 赤壁感怀

淘尽英雄剩浪花，皆兵草木簇残霞。
江曾斗狠含腥久，壁尚担惊带血斜。
潮汐长追天上月，鱼龙终化岸边沙。
战船烟灭灰飞处，能几多年泊钓槎？

2009 年 12 月 20 日　12 月 28 日改

## 元旦口占贺岁

高架车流不畅通，羲和却未堵长空。
轻掀日历迎元旦，准点阳光拂面红。

2010 年 1 月 1 日

## 旭日颂

碧天铺展彩云驰，旭日沉吟大气诗。
万古不争加速度，保持一以贯之时。

2010 年 1 月 18 日

## 闲居随笔

窗外疏林洒碎金，小斋香溢铁观音。
碧伸檐角苔盘踞，红抹楼尖日下沉。
心境春光期久驻，鬓丝冬色任相侵。
莫差特与王摩诘，正伴书生遣寸阴。

2010 年 1 月 27 日

## 岁末书感

无能驻日一挥戈,昼夜匆匆眨眼过。
人各纷争思占有,天仍宽让作调和。
风云已送前贤去,卷帙犹留旧梦多。
吟得夕阳芳草句,流年便觉未蹉跎。

2010 年 2 月 5 日作　3 月 3 日改

## 呈龙华寺照诚上人

常向龙华古刹行,花光塔影结诗盟。
往来多少红尘客,不及高僧重感情。

2010 年 2 月 14 日

## 戏作一绝答友人

偶然生到世间来,百岁终须死一回。
心理若难承受此,劝君下次莫投胎。

2010 年 2 月 20 日

## 桃花涧诗韵答友

阅世无须太费神,管他诸相屡翻新。
行来我素方为我,披着人皮未必人。
云卷舒时坚守淡,月圆缺后保留纯。
自家诗境桃源里,还向渔郎问甚津?

2010 年 2 月 28 日

## 感事戏作

筹建盛唐诗组织,有人贿选到深宫。
玉环力士先圈阅,会长名提杨国忠。

2010 年 3 月 2 日

## 迎春漫笔

东风使者送温馨,活色生香满一汀。
雨后樱花初表白,风前柳叶共垂青。
山多坎坷云安慰,泉有叮咛石细听。
清气沐身兼漱口,约莺邀燕诵心经。

2010 年 4 月 1 日作 4 月 2 日改

## 火车经过无锡口占

又向故乡车站过，纷纷梦影擦窗多。
悲欢掣电驰风树，记忆穿云拍岸河。
六十流年虽已逝，寻常往事未能磨。
人生似在行舟上，百计难留一寸波。

2010 年 4 月 9 日午前车经无锡

## 游恩施大峡谷

岩壁雄奇峡谷幽，诗人不敢放声讴。
怕惊地缝深深裂，分作东西两半球！

2010 年 4 月 11 日于湖北恩施

## 题腾龙洞

世上人无数，锱铢计较多。
不如山有量，吞吐一江波。

2010 年 4 月 11 日于湖北恩施

## 游四洞峡

栈道斜穿洞穴多，冰凌挂树化春波。
山泉不恋居高位，落到低岩始放歌。

2010 年 4 月 14 日于湖北恩施咸丰

## 登黄鹤楼

登上长江第一楼，烟花三月水东流。
谁吹玉笛招黄鹤？我卷珠帘羡白鸥。
当代动车窗外过，盛唐芳草句中留。
凭栏都是闲游客，不为乡关日暮愁。

2010 年 4 月 17 日于武汉　4 月 27 日改

## 诗词创作漫谈

一杖铿然一帽斜，晨餐坠露夕流霞。
心随崖瀑频冲动，梦与云山共叠加。
创意自成思想者，遣词兼任指挥家。
诗人踏遍天涯路，落笔无须手八叉。

2010 年 4 月 28 日作　5 月 2 日改

## 郏县三苏祠

焚香三炷谒苏祠，岭色川光共祀之。
风唱大江东去句，树吟夜雨独伤诗。
飞鸿踪影归禅院，明月襟怀对酒卮。
百姓能将才与德，口碑传到海枯时。

2010 年 5 月 3 日作　5 月 5 日改

【注】

"大江东去，浪淘尽、千古风流人物。""是处青山可埋骨，他年夜雨独伤神。""人生到处知何似，应似飞鸿踏雪泥。泥上偶然留指爪，鸿飞那复计东西。""明月几时有？把酒问青天！"均为东坡名句。

## 赴伊犁飞机上俯瞰大沙漠

透窗惊恐俯身看，寰宇洪荒凹凸山。
良久痛思居住地，莫教全化一沙盘。

2010 年 5 月 17 日暮于赴新疆途中

## 天山口占

长空万里砌琼瑶，雪岭巍峨耸碧霄。
我劝诗人先到此，天山脚下学崇高。

2010 年 5 月 19 日于新疆伊犁

## 题王敬乾兄《走沙集》

边陲卅载送年华，回首人生似走沙。
忽觉历程堪一记，老来执着做诗家。

      2010 年 5 月 19 日于新疆伊犁

## 登伊犁惠远古城钟鼓楼怀林公则徐

  登梯轻落脚，怕触古楼伤。
  云抚凋残瓦，风穿破旧窗。
  经纶惭我少，气骨羡君刚。
  唱叹当年事，惊飞雁一行。

      2010 年 5 月 21 日于新疆伊犁霍城

## 游新疆硅化木地质公园

恐龙沟畔久惊魂，一亿年前骨尚存。
人类未来成化石，也将陈列地球村。

      2010 年 5 月 24 日于新疆奇台县

## 游黄叶村

来访旗营几栋庐，追寻幻境步踟蹰。
老槐歪脖看生客，新草昂头护故居。
梦里红楼谁伴汝？眼前黄叶自愁予。
曹公一把辛酸泪，湿尽情场涸辙鱼。

2010 年 6 月 3 日于北京　6 月 11 日改于上海

## 游长白山

驱车盘岭越葱茏，直送豪情上九重。
人割碧池分两国，天飘白雪挂千峰。
火山缄口为时久，冰水倾怀与世通。
自笑书生难寡欲，也贪高处快哉风。

2010 年 6 月 6 日于吉林

## 与诗友访乌拉古城遗址

兴衰缩影土墙边，屯戍风云六百年。
红抹柳城留晚照，青飘桦屋吐炊烟。
重寻圣驾无遗迹，长念词人有旧篇。
几个匆匆凭吊客，驱车到此久流连。

2010 年 6 月 7 日于吉林　6 月 11 日改于上海

## 紫禁城书感（二首）

### （一）

跨入重门脚步沉，宫廷秘史影森森。
月穿丹陛含腥味，风动珠帘带颤音。
得利官称谋利少，扰民君说爱民深。
一砖一瓦皆通鉴，资治真堪抵万金。

### （二）

压榨烝黎血泪干，搬迁玉宇到尘寰。
蛟龙云雨腾挪地，神鬼雷霆发射端。
万岁圣朝难以久，独夫高处不胜寒。
至今金水桥头月，仍把兴衰冷眼看。

2010年6月14日作　6月20日改

## 庐山白鹿洞书院

云雾千年在，依然护粉墙。
穿廊无鹿影，留院有书香。
人可尊循礼，诗须放纵狂。
后生门外立，浮想逐溪长。

2010年7月2日

## 风雨大作，旋霁

气流凉热互难降，骇电惊雷欲卷江。
趺坐小斋微闭目，听残风雨见晴窗。

2010 年 7 月 9 日

## 书斋寄兴

大任无须我辈担，小斋觅句欲闲难。
性情蓄水流心底，气骨生风扫笔端。
吟过万山人未瘦，藏来千卷屋犹宽。
摩挲汉字当琴键，遥向星空即兴弹。

2010 年 7 月 17 日作　8 月 4 日改

## 六三初度

每到今宵自唱酬，写篇初度小诗留。
屐痕追忆他乡月，灯影回归老宅秋。
梦与晨星终淡淡，心随斜日共悠悠。
人须雪浪云涛里，驾稳浮生一叶舟。

2010 年 8 月 4 日晨六时作　8 月 5 日改

## "海上清音"庚寅立秋雅集

秋气未深秋思深,江南村里酒频斟。
名场鬼话成官话,雅集清音胜浊音。
广厦华灯新海上,美人芳草旧诗心。
吾侪管辖斑斓梦,不信星空会陆沉。

2010 年 8 月 7 日

## 父亲逝世十九周年祭

孩提情景总牵怀,脑海时时显影来。
周末倚肩看杂剧,睡前搂颈听聊斋。
当年随地生成乐,今日终天抱作哀。
一寸心中沉痛感,大千无处可深埋。

2010 年 8 月 9 日

【注】

父亲杨俊声,生于 1918 年 7 月 14 日,于 1991 年 8 月 9 日因患糖尿病并发症逝世。他在我学龄前给我讲聊斋、西游、三国、水浒故事,周末常常骑自行车带我到剧院看戏。

## 立秋后连日酷热异常，感时步诗友韵而作

不是风流是火流，炎黄春去未逢秋。
山洪惊梦伤舟曲，世博游园怕日头。
夜总会藏云雨乐，出租车侃庙堂忧。
热门求职排行榜，公务员依旧最牛。

2010 年 8 月 15 日

## 无定河边漫笔

走近汉家无定河，唐时风月助吟哦。
荒城空碛寻诗意，竟比繁华闹市多。

2010 年 8 月 24 日于陕西榆林

## 谒杨将军祠

秋上高原谒古祠，心声欲告祖先知。
杨家尚有铮铮骨，已化诗坛笔一支。

2010 年 8 月 25 日于陕西榆林神木

## 游杨家城回忆童年迷恋杨家将连环画，感赋

幅幅连环精美图，精忠报国启蒙书。
岳家军与杨家将，从此人生作楷模。

2010 年 8 月 25 日于陕西榆林神木

## 杨将军祠感怀

昔读传奇惹梦牵，今挥热泪到祠前。
将军星座横英气，历史河床剩断烟。
战死沙场肩有责，铲除奸佞手无权。
苍天赏罚皆公正，却总迟来百十年。

2010 年 8 月 25 日于陕西榆林神木

## 冬枣之乡沾化采风

脆甜冬枣满林垂，馋嘴飞禽去又回。
我竟全忘糖尿病，也来贪吃十多枚。

2010 年 9 月 21 日晚于山东沾化

## 与诗友祭纪晓岚墓戏作（三首）

### （一）

浇酒扒鸡一奠公，为君庆幸鞠三躬。
当年未遇红羊劫，四库编书得善终。

### （二）

野史难分假与真，荧屏戏说屡翻新。
平民期盼中南海，也有幽他一默人。

### （三）

诗人祭罢久徘徊，商议传书到夜台。
纪老不妨先结社，他年我辈入盟来。

2010 年 9 月 24 日于河北沧州

## 与诸诗友谒纪晓岚墓

小车驰入枣林深，墓上秋阳正照临。
散落草间多碎石，鞠躬碑下几愁心。
平民色彩传方久，才子声名响未沉。
崔尔庄人动情说：这批吊客是知音。

2010 年 9 月 28 日

## 秋兴漫兴（二首）

### （一）

树色斑斓水色凉，郊游信步喜秋光。
一支原创天公笔，东抹西涂自主张。

### （二）

连云甲宅隔墙排，垄断申城几许财？
只有桂香藏不住，被风吹到大街来。

2010 年 10 月 20 日

## 《剑南诗稿》读后（十首选四）

### （一）

世风奢靡几时休？人易贪欢忘国忧。
我有奇方砭此疾：《剑南诗稿》压床头。

### （二）

逼人豪气句中生，穿越千年荡我膺。
抚卷浑如握公手，心灵对话到三更。

## （三）

不解诗坛为什么，钻营炒作起风波。
果真学了放翁句，诗外功夫练得多？

## （四）

沦陷河山收复难，干卿何事鬓先斑？
谋金夺位诸公辈，几个心思在散关？

2010 年 10 月 29 日

## 饮食杂谈

苦辣酸甜不可偏，七荤八素每周全。
鱼鲜且嫩清蒸后，鸡脆而肥白切前。
少饮自能心淡淡，浅尝未使腹便便。
四时蔬果皆良友，相伴人生过百年。

2010 年 11 月 9 日

## 与诗友清风人家茶馆小聚

海上初冬颇似秋，青黄梧叶两栖留。
茶香缕缕来清口，身影翩翩聚小楼。
共享唐诗三昧乐，分担汉字几行忧。
美人芳草皆吾欲，正向灵均梦索求。

2010 年 11 月 28 日

## 游崇州罨画池叠陆游《夏日湖上》韵（二首）

### （一）

气象萧森未散愁，书生哪及水中鸥。
一池卵石残留梦，满苑云林诉说秋。
报国襟怀谁易达？忧时涕泪自难收。
放翁堂畔筇枝印，牵我心魂到此州。

### （二）

小池难洗古今愁，劫后塘阴绝鹭鸥。
人觅亭台千载梦，风吟唐宋一林秋。
性情老去翻狂放，章句闲来未歉收。
斯世同怀痴不减，诗心籍贯是神州。

2010 年 11 月 21 日作于四川崇州　11 月 30 日改稿

## 题开封繁塔

老树岁寒枝叶枯，向天欲抱月轮孤。
我同繁塔相凝视，互读流年缩写书。

2010 年 12 月 16 日于开封

## 迎元旦戏作

短信今宵互发勤，甜言蜜语补精神。
东方只作寻常白，人类欢呼一岁新。

2010 年 12 月 31 日

## 小区赏雪戏作

冰花玉叶满枝头，冷艳寒光刺我眸。
只怕又教房价涨，申城无处不琼楼。

2011 年 1 月 20 日

## 戏咏玉兔喜迎兔年

眼红熬夜久,捣药济人忙。
吾尾和吾耳,由他说短长。

2011 年 1 月 26 日至 29 日

## 辛卯年初四日与树喜玉峰游浦东召稼楼镇

立春方至即游春,相约驱车歇浦滨。
转眼已离尘市远,有朋来与水乡亲。
陈年村酒斟三过,当代楹联笑一巡。
古镇翻修难似旧,也随时世斐然新。

2011 年 2 月 6 日作 2 月 13 日改

## 春日偶作

隔岁枝条又返青,漫游随处放吟情。
草根占土都疯长,花气迎风各暗争。
遣兴笔如春燕舞,感恩心与老天盟。
诗翁万紫千红里,不合时宜白发生。

2011 年 2 月 7 日

## 日本地震感赋（二首）

### （一）

频闻海上未休兵，谁遣千军海底争？
板块自残撕脸面，波涛相虐袭蓬瀛。
劫来深感人无力，援至方知世有情。
多少地球村大国，天公只作小鲜烹。

### （二）

地欲倾斜海欲摧，剧怜人类恁多灾！
如萍列岛频遭劫，似纸群楼旋化灰。
行健精神强可恃，处危生命弱堪哀。
几时能聚环球客，共把方舟打造来？

2011 年 3 月 11 日作　3 月 17 日改

## 日本地震后核扩散引起国内多地抢购碘盐戏作一律

载来何物御风飘？人似惊弓鸟欲逃。
抢购食盐囤积碘，争看短信播传谣。
陋如皮癣洇难治，乱似蜂窝总自掏。
愚昧成灾频扩散，淫威更比核能高。

2011 年 3 月 18 日作　5 月 4 日改定

## 重游沈园遇雨

柳烟沾雨色空濛,湿重情怀忆放翁。
八百年前一双影,依稀波动小池中。

2011 年 3 月 21 日于绍兴

## 访陆游故居遗址

二月春寒雨挟风,田间泥泞不扶筇。
穿行八百馀年路,来向放翁三鞠躬。

2011 年 3 月 22 日于绍兴

## 访云门古刹

若耶溪畔访云门,雨近清明易断魂。
怀古幽情随荠菜,一齐长满小山村。

2011 年 3 月 22 日于绍兴

## 题骆宾王公园

烟柳遮亭映碧波,白毛红掌影婆娑。
一从留得宾王句,哪个儿童不咏鹅?

2011 年 3 月 26 日于义乌

## 清明口占

心情沉重过清明,纵有桃花又有莺。
片片纸灰如手语,风前比画诉人生。

2011 年 4 月 5 日

## 逛南京路外滩,戏作

又向洋场十里行,人流车水沸腾声。
一条街售全球货,多处楼标外国名。
今见文明钱砌就,昔闻幸福血铺成。
当年大救星歌曲,钟响依然耳畔萦。

2011 年 4 月 7 日

## 就医戏作

纵然稍逊少年时，仍觉身心颇健之。
泪不轻弹已干眼，油虽常打未高脂。
天公摊派终须病，骚客承担尚有痴。
医嘱带糖皆忌口，我云除却品唐诗。

2011 年 4 月 12 日

【注】
到医院开降糖药和眼药水。

## 上梁山戏作

百八英雄妇孺知，传奇烂熟少年时。
老逢盛世无人逼，自上梁山写小诗。

2011 年 4 月 17 日于山东阳谷县

## 谒西楚霸王墓

拔山一剑葬荒冈，千古谁来上炷香？
身首如碑断难补，悲愁似草剪还长。
君于垓下怜英女，我到坟前劝大王。
刘季功成何足道，后人都说是流氓。

2011 年 4 月 17 日于山东东平县旧县乡

## 车行黄河大堤上

车驰百里起尘烟，滚滚黄河浪接天。
我上大堤双眼湿，恍如攀在父亲肩。

2011 年 4 月 17 日于山东东阿县

## 谒鱼山曹植墓

天低云淡一山高，气骨才情共说曹。
石上苔痕寻屐印，池边墨渍忆风骚。
乃兄其釜虽难避，数子肝肠却可交。
久立危崖看落日，黄河三面涨诗潮。

2011 年 4 月 17 日于山东东阿县

## 恶性食品安全事件频发感赋（四首）

温总理在最近公开发表的讲话中，痛斥近年来祸害百姓的毒奶粉、瘦肉精、地沟油、染色馒头……他指出："这些恶性的食品安全事件足以表明，诚信的缺失、道德的滑坡已经到了何等严重的地步。"

### （一）

质检当关有几夫？致癌成分总难除。
大千物种基因转，丑陋人心健美猪。

## (二)

染色馒头瘦肉精,毒从口入遣心惊。
寻常百姓如何吃?九死之中觅一生。

## (三)

赤子遭逢黑心奶,天良败给地沟油。
三餐都在高危里,盛世丰年为吃愁。

## (四)

豆芽漂白辣油丹,食不添加色也难。
何日严防民口吏,为民防口保平安?

2011 年 5 月 1 日

## 顾渚农家乐(八首)

### (一)

傍山依水宿农家,小院新楼翠竹遮。
回到自然生态里,素心无处染浮华。

### （二）

漫步青山小径中，寻幽直过石桥东。
疏疏鬓角刚生汗，密密林间忽有风。

### （三）

野笋山鸡嫩且鲜，几杯村酒胜琼筵。
农家食补才三日，抵得城中整一年。

### （四）

顾渚云烟淡淡香，拂檐穿阁绕长廊。
谁知紫笋茶三碗，遣我诗心返大唐。

### （五）

句在霸王潭畔炼，茶来陆羽阁中烹。
前生都是农家子，今到青山再结盟。

### （六）

初夏绿云穿竹凉，江南细雨带茶香。
大唐几片飘来叶，助我添诗又一行。

## （七）

竹林凉爽梦婆娑，水气氤氲散满坡。
我与群山共消渴，收藏一夜雨声多。

## （八）

躲进深山宿几宵，雨檐风竹共推敲。
箪瓢不改行吟乐，当代贤哉是我曹。

2011 年 5 月 20 日至 22 日于浙江长兴顾渚

# 山中绝句（八首）

## （一）

小车如鹜出城趋，何处田园尚可居？
人类器官成现代，心常返祖梦樵渔。

## （二）

农家小院竹遮严，偶漏天光洒满衫。
岭上白云闲作秀，忽堆棉垛忽扬帆。

## （三）

雨后流连步翠微，晓风吹拂湿人衣。
负离子向山间聚，怪底城中氧气稀。

## （四）

只争朝夕实堪怜，放慢流光始是仙。
一觉醒来云未动，城中蚁族几搬迁。

## （五）

溪流欢快竹平安，清秀峰峦色可餐。
城里有机蔬蛋果，农家只作等闲看。

## （六）

碧山深处乐无涯，陶醉清风细品茶。
生活如何求美好？远离都市住农家。

## （七）

鸡黍田家风味奇，开轩把酒总相宜。
身临孟浩然诗境，未觉千年是距离。

### （八）

拂晓鸡啼处处闻，小村飘过岭头云。
重温乡野童年梦，教我如何不忆君？

2011 年 5 月 26 日至 5 月 30 日

## 端午戏作

梦趁端阳到汨罗，行吟不见旧时波。
形容枯槁诗人少，脑满肠肥老板多。

2011 年 5 月 30 日

## 与国华、求能平乐古镇饮茶叠韵（二首）

### （一）

倾谈古镇小河旁，竹叶青茶盏盏香。
偶过绿舟传絮语，频来白鹭动波光。
几行韵脚皆平水，一片诗心已盛唐。
归去定知馀兴在，闲游赚得共吟忙。

## （二）

老街仍在沫江旁，酒带文君旧日香。
白雨伴行寻胜迹，清风邀坐遣流光。
心因听曲回归汉，梦趁吟诗访问唐。
到此一杯消渴后，望梅诸事不须忙。

2011 年 6 月 22 日于四川邛崃

## 与诗友同游邛崃天台山

忽至飘然客一群，满山诗意湿衣裙。
琴台有曲千溪奏，蝶翅生香百草薰。
瀑正洗磨高下石，岭常吞吐淡浓云。
吟毫顿觉多滋润，竖抹横涂是美文。

2011 年 6 月 23 日于四川邛崃天台山

## 闻官员贪污逃往国外

共和大厦自巍巍，何惧苍蝇白蚁飞？
携款举家迁异国，居安公仆也思危。

2011 年 7 月 12 日

## 游金湖荷乡

翡翠新雕润且鲜,金湖铺满叶田田。
小荷争说清纯梦,吐罢红莲吐白莲。

2011 年 7 月 17 日于淮安

## 金湖赏荷戏作(二首)

### (一)

藕花深处久徘徊,恍见仙姝列队来。
楚楚堪怜荷叶动,撒娇争欲扑人怀。

### (二)

绰约风姿映白波,红裙翠袖影婆娑。
诗人不觅高丘女,欲下泥塘抱小荷。

2011 年 7 月 18 日于淮安

## 与诗友访瓜洲

一群骚客兴悠悠，立在淮扬古渡头。
云外长桥越天堑，风前乱草夹邗沟。
繁忙历史船来往，修远人生路索求。
只为两三星火句，几回诗梦泊瓜洲。

2011 年 7 月 21 日于扬州

## 吊出河店古战场

驱车松嫩两江旁，忽到辽金古战场。
碧草丛中多白骨，当年都是好儿郎。

2011 年 7 月 26 日于黑龙江肇源

## 游呼伦贝尔大草原（十首选六）

### 羊 群

白云垂挂碧坡旁，四野轻风散草香。
霄壤之间人几个，悠闲也似一群羊。

## 长 啸

久在樊笼不敢鸣,草原空旷忽忘情。
牛羊蓦地都回首,只为诗人啸一声。

## 逢 雨

骤雨从天扑地层,乌云碧野激情增。
深深一吻留芳草,不葆青春不可能。

## 野 餐

黄榆白桦小山坳,塑布平铺列酒肴。
先被野蜂来我臂,尝鲜一口咬成包。

## 哨 所

小穹庐傍七仙湖,碧草无垠四面铺。
战士两名坚守此,边疆露水视如珠。

## 游 山

神奇砬子蓦然逢,红石嶙峋嵌碧穹。
也学诗人讲平仄,忽而原野忽而峰。

2011 年 7 月 28 日至 29 日于内蒙古阿尔山

## "海上清音"周年感赋用前韵

回首经年秋水深,交流有酒有茶斟。
荧屏似镜留清影,网络如林送好音。
爱此蕙风香沁肺,厌他鱼肆臭熏心。
小诗晨起推敲久,写到骄阳砚畔沉。

2011 年 8 月 11 日

## 闲居遣兴

缓节安歌适合予,高楼浅酌傍云居。
擦肩而过窗前鸟,举手之劳架上书。
常煮香稠新米粥,偶尝麻辣大头鱼。
老来还有高丘梦,每遣诗心一跃如。

2011 年 8 月 13 日作　11 月 1 日改

## 题某石头盆景

登场呈丑陋,摆谱露冥顽。
几片歪斜石,盆中扮大山。

2011 年 8 月 31 日

## 戏题保定直隶总督府

入衙重读旧篇章，直隶风云未渺茫。
两大旗杆何所似？曾中堂与李中堂。

2011 年 9 月 9 日于河北保定

## 与星汉、书贵雨中游白洋淀

飞驰小艇赏秋光，赫赫淀名称白洋。
密苇满湖成卫队，残荷带雨作啼妆。
一缸陈酒高朋醉，二尺鲜鱼老店尝。
我辈逢辰无战事，闲来有幸为诗忙。

2011 年 9 月 10 日于河北保定

## 宋辽古边境地道

走入千年暗道中，宋辽烽火辨遗踪。
扶来四壁砖犹湿，闪烁微光见鬼雄。

2011 年 9 月 10 日于河北雄县

## 访瓦桥关遗址

一行人立雨潺潺，同向村翁指处看。
超市左边餐馆右，当年雄矗瓦桥关。

2011 年 9 月 10 日于河北雄县

## 咏 月

九重霄上一婵娟，遍洒清辉洗浊烟。
只盼世风能净化，不辞长守地球边。

2011 年 9 月 12 日

## 中华诗词研究院揭牌仪式上口占

京华盛会聚骚人，共为吟坛庆吉辰。
诗是吾侪毕生爱，梦于今日蓦然真。
传承未弃瓶形古，酿造须翻酒味新。
此岁金秋堪入史，国宾馆里满堂春。

2011 年 9 月 7 日于北京钓鱼台　10 月 2 日改于上海

## 游雁窝岛湿地

采风骚客自多情,小艇轻移湿地行。
白鹳远飞苍鹭去,鸟声依旧怕人声。

2011 年 9 月 22 日于黑龙江

## 参观科技实验田戏作

晾水提温管道连,吟翁搔首未成篇。
农耕社会诗词库,难写高科实验田。

2011 年 9 月 23 日于黑龙江

## 参观八五九农场知青陈列室

梦留黑土带金黄,诗写青春刻北疆。
三婶二姨军垦照,那年都是小姑娘。

2011 年 9 月 23 日于黑龙江

## 东安镇乌苏里江上乘游艇观光

小艇迎风试一巡,遥看异国小乡村。
渔民却指江东岸,说有前朝祖辈坟。

2011 年 9 月 23 日于黑龙江

## 登黑瞎子岛哨塔

最东哨塔耸云端,远客登临拍遍栏。
凝重目光空越界,收看旧日我河山。

2011 年 9 月 24 日于黑龙江抚远县黑瞎子岛

## 诗人自嘲

几行平仄费安排,黄卷青灯久发呆。
山鸟不遵平水韵,天天吟出好诗来。

2011 年 10 月 15 日

## 参加厦门第三届中国诗人节在海监艇上作

战士相携出海时,御风骚客欲何之?
岸边齐耸龙门吊,艇上高吟鹭岛诗。
遍洒浪花情涌动,急追云朵笔飞驰。
始知随处缪斯在,揣梦军民一样痴。

2011 年 10 月 19 日于厦门　12 月 23 日改于上海

## 戏题黄鹤楼

登临雕栋画檐楼，放眼欲寻芳草洲。
黄鹤不归空入句，白云仍在不胜秋。
拍栏诗感非唐宋，接踵人群各乐忧。
壁上瓷砖多釉彩，犹将传说绘从头。

2011 年 10 月 27 日于武汉

## 赏小园秋色

挺立金黄垂挂红，夕阳涂抹更稠浓。
拾来几片飘零叶，夹入沉思断想中。

2011 年 11 月 8 日于北京国参室园中

## 重游垂虹桥（二首）

### （一）

踏上残存两段桥，金风银杏共潇潇。
似闻低唱馀音在，又引诗人逸兴高。

## （二）

重访千年已断虹，吟诗揣梦过桥东。
秋林一抹斑斓影，疑是清波映小红。

      2011 年 11 月 13 日于吴江

## 龙华寺与启宇、梦芙小聚

茶话钟声绕夕阳，玲珑古塔立苍苍。
佳人妙曲添情韵，胜友高谈助气场。
展印一行禅院里，诗留几句浦江旁。
归来更盼常相约，再访花王与梵王。

      2011 年 11 月 28 日

## 眼疾戏作

忽成升压眼高人，鄙视从今要自珍。
架上叠书尘久积，床头置药手常伸。
听歌沉醉全凭耳，吟句痴迷每动唇。
盲目漫游新世界，不须移步只移神。

      2011 年 12 月 15 日

## 冬日戏作

风有呼声雪有光,闲来触事兴仍长。
熬锅黑米黏稠粥,沏碗青茶潋滟汤。
鸟已趋炎多远徙,虫难抗冷各潜藏。
岁寒骚客频吟句,灵感居然冻不僵。

2011 年 12 月 22 日作  12 月 31 日改

## 赴京高铁车途经泰山

齐鲁风光忽映眸,烟云往事泰山留。
梦中红袖仍乌鬓,座上青衫已白头。
当日同游甜蜜蜜,此情重忆软柔柔。
朦胧忽听播音报,车越黄河过德州。

2011 年 12 月 26 日于赴京高铁动车上

## 临江仙·咏雪步文朝兄原韵

昨日飞泉奔涧,今朝冻玉凝冰。六花飘洒漫多情。竹林频减字,梅蕊正添丁。　　恍入瑶台观景,遐思走走停停。诗人牵挂大家庭。厚棉天下暖,短信指尖轻。

2012 年 1 月 9 日

## 秋叶

相伴秋风一路行，夕阳无语也含情。
细听飘落金黄叶，都有轻微叹息声。

2012 年 1 月 12 日

## 水调歌头·听音乐

旋律是何物？无影又无形。幽幽沁肺清气，散淡却分明。一阵天风送爽，几下麻姑搔痒，触感只轻轻。佳茗与佳酿，消渴到神经。　非物质，富营养，润心灵。人生情韵，如怨如慕耳边萦。叶落花飞微颤，斗转星移巨变，合奏梦之声。听罢沉思久，醉醉复醒醒。

2012 年 1 月 12 日

## 春风得意楼与鲁宁、衍亮品昆仑雪菊茶（四首）

### （一）

灯影琴声老灶台，江南避雨上楼来。
玻璃壶侧人围坐，观赏昆仑雪菊开。

## （二）

几朵珍奇雪菊花，沏成红艳异香茶。
手中杯盏传汤色，似采昆仑岭上霞。

## （三）

昆仑雪菊沏成汤，小盏盛来琥珀光。
本与诗心同血脉，生于不染一尘乡。

## （四）

菊花来自雪崖边，茶带昆仑袅袅烟。
饮罢梦追神女去，风驰八骏作诗仙。

2012 年 1 月 18 日作　1 月 21 日改

# 初春雨夜

乍暖还寒夜气清，恰宜无寐散烦缨。
小楼停泊烟云里，零距离听春雨声。

2012 年 3 月 2 日

## 仰卧

仰卧高台眼界宽，银河未见有波澜。
星如雪菊天如野，寥廓何妨倒转看。

2012 年 3 月 10 日

## 诗友赠新茶口占

雨声相伴茗香陪，壶里清波掌上杯。
吟友赠茶须细品，常能喝出好诗来。

2012 年 3 月 7 日

## 怀念杜甫

遥想寒江独夜舟，万方多难一沙鸥。
权臣心不关民瘼，野老诗常系国忧。
梦里欲随同望岳，吟时恍觉共登楼。
秋风茅屋歌重读，我隔千年泪尚流。

2012 年 1 月 19 日作　3 月 15 日改

## 在京过清明节

湿重哀思客梦惊,难忘今日是清明。
心头有片江南雨,抵达京城未转晴。

2012 年 4 月 4 日于北京东交民巷饭店

## 游铜川红军谷

薛家寨里赏奇峰,一路披襟三月风。
小杏逢春如雪白,危岩带血似霞红。
人随落日沉思久,史与浮云剧变同。
游客莫将千古事,等闲都付笑谈中。

2012 年 4 月 6 日于铜川

## 黄河壶口瀑布

卷沙裂石鬼神惊,发出黄河怒吼声。
天上不应如此浊!人间更得几时清?
从崖跌落仍昂首,向海奔流又启程。
我敞风衣壶口立,好教襟袖蓄豪情。

2012 年 4 月 9 日陕西黄河壶口  4 月 14 日改于北京

## 游大夏国都统万城遗址

废城凭吊忆风流,谁主孤烟大漠秋?
塞上轮回争霸业,河边起伏剩荒丘。
惊魂惨白云含泪,残梦枯黄草带愁。
千六百年经对决,一群沙鸽胜王侯。

2012 年 4 月 10 日于榆林　4 月 14 日改于北京

## 壬辰牡丹诗会

看花岁岁聚良辰,鬓自逢秋花自春。
今日花前留好句,花从此也忆诗人。

2012 年 4 月 19 日壬辰谷雨前一日

## 龙华寺牡丹诗会步照诚方丈韵

细雨微风共酿春,芳枝挤满蕾相亲。
扭腰溪柳添加媚,脱口林禽吐出真。
天造草花皆至宝,人藏金玉等浮尘。
东君教我推敲句,旧体能装意象新。

2012 年 4 月 19 日壬辰谷雨前一日

## 见牡丹已残怅然怀人（二首）

### （一）

昨夜霏霏雨拍栏，牡丹今已七分残。
诗人良久花前立，悔未深宵秉烛看。

### （二）

莫怨看花客到迟，相逢毕竟慰相思。
牡丹摇曳垂珠泪，似与诗人惜别时。

2012 年 4 月 19 日壬辰谷雨前一日

## 树喜兄寄海棠诗赋此作答（二首）

### （一）

京城春色满篱墙，骚客看花意兴长。
我读手机传好句，诗中还带海棠香。

（二）

何啻江南绿映红，北国亦自有花农。
我知一个诗人李，忙碌京郊小院中。

2012 年 4 月 20 日

## 遣兴

花谢花开转换香，眼明心亮日初长。
茶倾飞瀑斟三碗，书筑围城满一床。
交往久知情厚薄，反思多觉梦荒唐。
老来流岁如提速，且让他忙我不忙。

2012 年 4 月 27 日

## 壬辰浴佛节龙华古刹听古琴（四首选二）

（一）

众人无语坐华林，沐浴身心一曲琴。
禅院清风吹草木，听来都带七弦音。

(二)

共聚禅林侧耳听,一弯冷月寂无声。
清音疑自云间降,能洗人心到透明。

2012 年 4 月 28 日

## 探望(五首)

(一)

执手床前问病情,相看无奈叹人生。
也知往事终成梦,如此匆匆意不平。

(二)

抑住伤心掩饰真,病房强笑慰伊人。
明知奇迹终难出,却说医能挽转春。

(三)

无可奈何春欲归,小花难避恶风吹。
人间毁美兼欺弱,我怨东君竟忍为。

### （四）

难得秋山契我心，浮生能有几知音？
病房提及青春事，只觉肝肠在扎针。

### （五）

春已阑珊探病房，劝她宽慰我悲凉。
恨无回转年轮术，再向虹桥约小芳。

2012 年 4 月 30 日

## 赴汶川途中（二首）

### （一）

采风何忍写悲凉，车入灾区怕倚窗。
屡见塌方桥几座，横斜无语卧岷江。

### （二）

藏羌山寨小车过，人字形槽满斜坡。
似觉群山刚哭罢，流泥流石泪痕多。

2012 年 5 月 8 日于四川汶川

## 北川老县城地震遗址（二首）

### （一）

忽传馀震到心田，驻足无言废址前。
凝固时间钟窒息，追寻生命鸟盘旋。
何堪惨状堆群砾，难送呼声达九泉。
东倒西歪空屋里，当时处处是人烟。

### （二）

群山摇晃裂群楼，万状纷呈怵客眸。
带笑张张遗照在，受惊块块碎砖留。
生存物我仍须处，探索天人未可休。
良久默哀垂挂泪，上车离去几回头。

2012 年 5 月 11 日于四川北川

## 闻鹳雀楼重建

登楼引古惜兴亡，淡忘侯王忆此王。
汉字当年留廿个，细看都是柱和梁。

2012 年 5 月 26 日作　6 月 6 日改

## 壬辰端阳作

每读离骚太息多，逢端午更费吟哦。
驱邪蒲叶空如剑，竞渡龙舟又似梭。
士以泪濡忧世笔，官将酒作濯缨波。
小诗投入吴淞水，遥拜南天祭汨罗。

2012 年 6 月 13 日

## 观抽象派画展

### （一）

离奇荒诞乱成堆，全不相干扯一回。
灵感调成鸡尾酒，空中晃出夜光杯。

### （二）

谁把星云乱剪裁？光斑怪也又奇哉。
不明灵感飞行物，降落毫尖纸上来。

2012 年 6 月 19 日

## 游湿地

环境谁开诊断书,不知生态正常无。
鸟群高下翩翩影,正画地球心电图。

2012 年 6 月 19 日

## 广西民歌手诗词创作研讨会上作

难忘三姐故乡行,满耳无邪天籁声。
唱到哥呀妹呀处,诗翁忽动少年情。

2012 年 6 月 26 日于广西宜州

## 雨中访宜州山谷祠

雨稠苔滑欲何之?来访江边寂寞祠。
缓跨登阶沉重步,低吟开派崛奇诗。
墙头字带公风骨,檐角云携我梦思。
莫为朱弦轻感慨,妙音千载有人知。

2012 年 6 月 26 日于广西宜州

### 宜州南楼遗址吊黄公山谷

残墙一段宋时遗,已被民居作地基。
我向楼垂慕贤泪,公于天举洗悲厄。
追思仍觉江湖冷,迁谪难教气骨移。
莫让少年心老尽,好吟新句夺胎奇。

2012 年 6 月 27 日于广西宜州

### 悼念

追思相遇两浮萍,我未中年尔妙龄。
故事几章多浪漫,流光一段满温馨。
死生幽梦撕成絮,颦笑佳人殒作星。
执手凝眸情景在,泪干难信剩孤零。

2012 年 7 月 10 日作于北京绿杨宾舍
7 月 12 日改于首都大酒店

### 再悼念

生离犹可盼重逢,死别音书两不通。
云倚傀成当日态,花憔悴作故人容。
难从梦里寻条路,总在心头压座峰。
往事风筝今断线,愈追愈远入遥空。

2012 年 7 月 24 日于上海

## 游白羊峪长城

长城曲折似花边，绣满层峦耸入天。
游客谁知白羊峪，一砖一石带狼烟。

2012 年 7 月 16 日唐山迁安

## 山叶口景区国家地质公园

几亿年来色彩新，砾岩斑驳带龙鳞。
此山能下还能上，海底奇观挂入云。

2012 年 7 月 16 日唐山迁安

## 六五初度客居京城作

绿杨窗外蔽炎光，客舍平添八月凉。
几个鲜桃伴华鬓，一行新句出柔肠。
骨经风雨增生刺，书入心脾积聚香。
何必问翁能饭否，朗吟仍带少年狂。

2012 年 8 月 4 日作于北京绿杨宾舍<br>8 月 6 日凌晨二时半改

## 游辽阳

辽阳两字入诗多,战火频临太子河。
历史已沉流水重,空留落日压沧波。

2012 年 8 月 21 日于辽阳

## 爬

进化过来莫自夸,某些人种尚堪嗟。
四肢上下分工后,一入官场又想爬。

2012 年 8 月 25 日

## 游青海湖

采风西北兴方遒,驾艇盐湖作胜游。
万顷水铺蓝宝石,几团云走白牦牛。
地球馈赠从无语,人类纷争总有求。
天洒满湖咸涩泪,不知何事也先忧。

2012 年 9 月 3 日于青海西宁

## 西宁赴拉萨火车上三绝句

### (一)

车行青藏与天齐,雪压昆仑落日低。
唐古拉山增见识,白云都在草原栖。

### (二)

刷白阳光墨镜遮,草原起伏雪山斜。
牦牛几只山坡上,回首悠然看火车。

### (三)

扪星揽月上高原,手可拿云擦雪山。
翻觉天公易亲近,戒严不似世间官。

2012 年 9 月 5 日于西宁赴拉萨火车上

## 参观布达拉宫

登阶游客入迷宫,揣好奇心兴更浓。
佛殿香烟裹神秘,僧王法力镇愚蒙。
尚留金塔灵魂在,不让红尘信仰空。
走出重门生幻觉,经幡挂满白云中。

2012 年 9 月 6 日于西藏拉萨

## 青藏高原采风

近天之处最清纯,感受高寒远世尘。
如此好山和好水,自应称圣又称神。
原生态使来宾醉,零距离同造物亲。
青藏采风何所得?做回当代谪仙人。

2012 年 9 月 6 日于西藏

## 在高海拔藏民家进餐

原汁牦牛碎肉汤,糌粑甜软奶茶香。
游人缺氧仍贪吃,气喘吁吁大口尝。

2012 年 9 月 7 日于西藏

## 南迦巴瓦雪山

九峰冰雪抵三军,似剑寒光透白云。
正要长留威慑在,边疆不让起妖氛。

2012 年 9 月 8 日于西藏米林

## 游南伊沟原始森林

幽壑频传隐隐雷,抟风奔涧共喧豗。
森林响起人吟句,十万年来第一回。

2012年9月8日于西藏林芝

## 读六世达赖仓央嘉措传记与情诗有感赋三绝句

（一）

一江春水引愁长,读罢情诗共感伤。
梵殿何妨缺金塔,诗人仍最忆仓央。

（二）

政为俗务教为空,两者如何一体同？
年少僧王兼胆识,吐言明智若洪钟。

（三）

藏语诗行世绝伦,读来心动泪沾巾。
七情六欲君都有,活佛原来是活人。

2012年9月8日于西藏林志

## 题喜玛拉雅山脉

雪域神奇多少山，无名无字耸云端。
随移一座中原去，五岳都须仰首看。

2012 年 9 月 8 日于西藏

## 沁园春·咏奇石

中华诗词研究院赴青藏采风，周兴俊院长拾得一石，其形酷似在青藏高原上留一脚印，与"行走在青藏高原"书名之意颇合，余因填一阕咏之。

　　脚印谁留？凹陷深深，历几许年？是先驱探险，穿荆度棘？高人寻胜，驻马垂鞭？守塞将军，归田隐士，到此奇峰步不前？何人也，遣流云似梦，往事如烟？　　疑猜浮想联翩。正踏上高原兴浩然。见琳琅卵石，平铺涧水；巍峨岩壁，遥挂冰川。写好心情，访原生态，足迹新来石上镌。留青藏，与他年骚客，结个诗缘。

2012 年 9 月 9 日于西藏

## 高原天空印象

到此心情染上贪，百看不厌满天蓝。
白云也爱高原美，相约纷纷聚藏南。

2012 年 9 月 9 日于西藏

## 车过米拉山口

山坡起伏已无争，峭拔群峰渐扯平。
草剩一层牛正嚼，天离三尺手能撑。
好云推揉诗心远，寒涧潜流梦境清。
供氧不多难久立，满填胸臆是纯情。

2012 年 9 月 9 日于西藏

## 题虞姬墓

青青孤冢里，竟又葬红颜。
花向碑前吐，风从野外还。
痴情空一剑，柔骨重千山。
呵护英奇女，天公总太悭。

2012 年 9 月 17 日于安徽灵璧县

## 钓鱼岛有感

又看摩擦起东溟，小岛频频迸火星。
寻衅昔曾凭借口，祭亡今尚有幽灵。
心头上国常如刺，眼里芳邻总似钉。
权力一归狂热客，地球村即不安宁。

2012 年 9 月 20 日

## 访韩国陶山书院

云影抱群山，天光水一湾。
净塘宜菡萏，高树隐琅嬛。
道自斯门进，儒于现代闲。
欲来成弟子，异国取经还。

2012 年 10 月 5 日于韩国釜山

【注】

陶山书院是 1574 年（朝鲜宣祖七年）李朝宰相李滉的弟子及儒学家们为纪念李滉的学识及品德而牵头修建的儒学学校，是朝鲜时期教育儒生的著名书院，是韩国岭南（南部）地区儒林的精神象征。有天光云影台、净友塘、进道门等。韩国千元纸币正面就是退溪李滉的头像，背面就是陶山书院全景。

## 与诗友访苍梧六堡茶乡

苍梧云起不须愁,探访茶乡兴正遒。
古镇秘如藏静女,小车颠似荡轻舟。
手中一碗红凝玉,脚下千坡绿泻油。
深入深山更深处,共吟清句记清游。

2012 年 10 月 19 日于广西苍梧

## 苍梧西江望月

谱来皆绮梦,填满是相思。
久望西江月,人成一首词。

2012 年 10 月 20 日于广西苍梧

## 重阳

风送新凉雨送烟,桂香如水梦如船。
又持杯茗过重九,更上层楼览大千。
足健共山缘分近,心闲与笔感情专。
萧萧往事随秋叶,追数年华落鬓边。

2012 年 10 月 11 日凌晨四时作　10 月 23 日改

## 闲吟

乱象奇闻百感生,拊膺又作不平鸣。
云因聚敛频增黑,水为包藏已减清。
泄愤入诗难雅句,刺贪出口易粗声。
匹夫哪有兴亡责,自可闲吟一椁轻。

2012 年 10 月 25 日作　10 月 29 日改

## 梦友

一隔阴阳计已穷,与君再不可能逢。
昔年情景遭强拆,残片犹留梦境中。

2012 年 10 月 30 日

## 访二陆草堂

趁晴秋上小昆山,山上高风尽日闲。
西晋云于亭阁卧,东吴草向石阶攀。
堂前二陆星双座,窗外诸峰士一班。
灭了雄才文赋在,王侯刀剑未能删。

2012 年 10 月 31 日作　11 月 2 日改

## 小犬灰灰

领养灰灰十八年,家庭已是一成员。
老来更惜小生命,宠物也当孩子看。

2012 年 11 月 19 日

## 重游灵岩山

又登砖砌翠岩坡,脑海回声叠影多。
山鸟出迎啼竹径,石龟入定望湖波。
梦中云迹风追忆,诗里星痕雨打磨。
古木不知伤往事,遍垂黄叶尚婆娑。

2012 年 11 月 20 日于苏州

## 同游吴郡赠友

晚秋留景入初冬,山色披金又缀红。
天正随心展长卷,人须逾矩脱樊笼。
诗行写到茶烟细,生活尝来面味浓。
不是胜游君做伴,风情万种与谁同?

2012 年 11 月 21 日于苏州

## 访西津渡

唐宋长江改道频，小山楼尚耸西津。
烟囱三两多星火，愁煞行吟一宿人。

2012 年 11 月 24 日于镇江

## 登北固楼

天低直欲触危楼，江阔浑疑水不流。
深怕也如辛弃疾，栏干拍出古今愁。

2012 年 11 月 24 日于镇江

## 访蒲松龄故居

志异童年听入迷，故居初访更心仪。
屋于梦里曾经到，狐在墙头何处窥？
石像髭须风正捋，布衣襟袖月能知。
今来欲借先生笔，再向人间揭画皮。

2012 年 11 月 27 日于淄博　11 月 30 日改

## 戏题《三国演义》连环画

连环整套画充饥，如醉如痴乐不疲。
三国一锅人物粥，少年喝到老年时。

2012 年 12 月 2 日作　2013 年 3 月 2 日改

## 德祥兄赠诗步韵奉和

相逢言志梦非奢，吾业方兴未有涯。
社稷欲除唯硕鼠，诗词不死乃神蛇。
心随日暮云同醉，手与春天树共叉。
求索正须腾跃起，直追屈子八龙车。

2012 年 12 月 15 日

## 文富兄赠诗步韵奉和

原上离离长艾萧，东风犹说自能调。
官凭觉悟频生腐，诗要担当共聚焦。
但得新交年可忘，何妨老病渴难消。
激扬文字吾侪事，四海传笺未觉遥。

2012 年 12 月 22 日

## 癸巳蛇年戏作

万家年画换新容，人在祥云瑞气中。
牛鬼不知何处去，蛇神依旧笑春风。

2012 年 12 月 26 日

## 西江月·步树喜兄韵

两眼迎风若刺，群楼积雪如山。重温懒说一年年，难写意深辞浅。　　世上连台本戏，他忙不碍吾闲。地球步履也盘珊，心静何妨不看。

2012 年 12 月 28 日

## 风雪夜早睡，戏作

结集寒云墨一洼，行人遭袭冻成虾。
闻窗缝里钻风片，见路灯前旋雪花。
围毯裹衾如作茧，缩头藏颈似栖鸦。
放翁僵卧思边戍，我愧襟怀不及他。

2012 年 12 月 29 日

## 悼赵洪银兄

小别淮扬仅月馀,临行互嘱惜微躯。
忽传剑外君凶信,频立江边我痛吁。
几度对灯诗共议,此番分袂梦难趋。
全川林木皆铭记,足迹曾留每一隅。

2013 年 1 月 3 日

## 吊唁

已逝流星不可追,无情草木亦含悲。
墓前方信卿真去,一石阴阳立界碑。

2013 年 1 月 6 日

## 诗路历程

历经求索与沉思,百感轻磨入砚池。
奇气似虹山水助,素心如鉴鬼神知。
人行一路长携梦,命有千回不弃诗。
奏响黄昏圆舞曲,大厅金色在崦嵫。

2013 年 1 月 10 日

## 岁 暮

往事逾遥逾可亲，漫空飘散化星辰。
灯前残稿多怀旧，窗外良禽欲报春。
流岁浑如增速度，吟翁更要稳心神。
何妨也学寒冬样，做个删繁就简人。

2013 年 1 月 16 日作　1 月 20 日改

## 悼苏振达友

南国凄凄久酷寒，雾霾风雪未稍安。
忽传消息君长逝，永忆音容我浩叹。
别后三年无雁信，梦中几度共茶餐。
从今泉下吟成句，谁与相携仔细看？

2013 年 1 月 17 日凌晨三时半

## 壬辰腊月廿三日与诗友小聚莘庄公园

小园吟友共徜徉，慧眼寒冬识景光。
细雨打磨平水韵，残枝追忆满庭芳。
诗须浅易兼深稳，人可谦和又激昂。
群鸟已知春不远，嘤嘤报喜去来忙。

2013 年 2 月 3 日

## 看电视新闻报道春运，口占一绝寄衍亮

举国车流运送春，匆匆多少返乡人。
荧屏熟悉谁身影？一闪分明是小陈。

2013 年 2 月 6 日

## 豫园观灯

星桥火树闹元宵，五彩流光汇作潮。
人赏街灯方接踵，童燃鞭炮屡弯腰。
春风脚步依然健，明月容颜分外娇。
众里已寻千百度，伊仍云鬓我霜毛。

2013 年 2 月 24 日　癸巳元宵

## 赏 花

雨后庭园色彩鲜，微风小径足流连。
花坛总比诗坛好，朵朵开来出自然。

2013 年 3 月 15 日

## 写诗记事

春雨秋云入砚磨,神奇汉字费腾挪。
才情未可无风骨,梦境常能见颊涡。
眼角一尘难接纳,胸间千岭任嵯峨。
诗人得句皆财富,远比官商积蓄多!

2011 年 1 月 6 日作　2013 年 3 月 27 日定稿

【注】

颊涡,即酒涡。清黄景仁《醉太平·夏夜闻邻院歌声》词之二:"灯前眼波,尊前颊涡。也曾题遍香罗,唤当筵唱过。"

## 访燕子楼

四檐如翅纵能飞,红粉成灰不可追。
世上以诗传韵事,湖边有石塑蛾眉。
花逢新岁含情吐,柳忆中唐带恨垂。
远客悄然思旧侣,小楼深贮一腔悲。

2013 年 3 月 30 日于徐州

## 参观淮海战役纪念馆

淮海来寻大战痕,硝烟岁月梦重温。
尘封枪炮犹凝血,泥塑军民似有魂。
当日九原多白骨,何年两岸共金樽?
我瞻高塔深祈盼,都做炎黄好子孙。

2013 年 3 月 30 日于徐州　4 月 3 日改于上海

## 登戏马台

登台恍见古彭城,四起烽烟楚汉争。
他斩蛇来君戏马,当年都说为苍生。

2013 年 3 月 31 日于徐州　4 月 3 日改于上海

## 访徐州放鹤亭

花香缭绕透窗扉,人去亭空鹤未归。
我向东坡曾立处,深深一揖送斜晖。

2013 年 3 月 31 日于徐州

## 读书记事

陋室珍藏幸有书,人生做伴百烦除。
好诗多读身心健,通史闲翻宠辱无。
觅此昔为淘宝客,爱之今作守财奴。
老夫佳丽三千个,卷卷皆如掌上珠。

2013 年 4 月 7 日

## 悼念雅安地震遇难者

塌陷之声又震川,灾民多少堕黄泉。
地何事与人为敌?国几时同梦结缘?
援手已难施大爱,痛心徒欲破长笺。
数行诗句原无用,寄到芦山作纸钱。

2013 年 4 月 22 日

## 癸巳谷雨与诸诗友龙华寺塔影苑小聚

远朋新茗对高窗,三月江南聚一堂。
风送春林生命绿,雨添古刹岁华黄。
池中塔影珍藏宋,云外钟声直达唐。
归去定知多感悟,小诗应带佛前香。

2013 年 4 月 19 日作  4 月 23 日改

## 答武阳友

客从云外至,门遣好风开。
起舞林遮塔,沉吟雨润苔。
有诗良足矣,不乐为何哉?
相约龙华寺,年年品茗来。

2013 年 4 月 25 日

## 未 老

步轻浑未觉年增,跨上台阶势若腾。
酒饮小杯忧即解,肉尝大块饭犹能。
世将财富当身价,我以诗人作职称。
憎爱敢言常脱口,此心可证老何曾!

2013 年 4 月 29 日

## 送 春

恼人天气雨潺潺,百感沉浮一抚栏。
不敢多看花落去,老来心软送春难。

2013 年 5 月 5 日

## 梁思成林徽因北京故居被拆

营造中西四处奔，竟难身后故居存。
拆拿真可称吾国，争夺还将及子孙。
当代每轻传统美，古城应念大师恩。
立锥无地栖何处？安得琼楼葬汝魂。

2013 年 5 月 10 日

## 戏咏某官

平生从不吐真言，蓦地憨憨蓦地奸。
假笑满堆于脸上，损招层出自心间。
荒唐事后编些谎，老实人前使点蛮。
如此官员都熟识，名场类聚已成山。

2013 年 5 月 15 日

## 登西塞山

千秋故垒一登临，览胜何辞汗湿襟。
江水急弯呈直角，山亭环望作圆心。
人须有鉴常怀古，天却无言已到今。
骚客尚存兴废感，来寻铁锁久沉吟。

2013 年 5 月 23 日于湖北黄石

## 访黄州东坡赤壁

少年时读大江东，赤壁来游我已翁。
一叶扁舟虽渺远，几行遗墨尚豪雄。
风流岂在周郎后，气骨长存汉字中。
千载用之能不竭，小亭危阁带神功。

2013 年 5 月 25 日于湖北黄冈

## 自汉返沪寄骁勇诗友并步其韵

楚地逢诸友，论诗兴即酣。
好茶常共品，俗套不须谙。
听水情堪寄，看山梦可谈。
闲云飘泊久，忽又返江南。

2013 年 5 月 28 日于武汉返上海动车上

## 喜 雨

雨势连宵送夏凉，小园旋律带清香。
鸟飞幽径亲亲绿，土吸甘霖治治黄。
周转四时安所遇，推敲八句乐乎忙。
檐声变奏催眠曲，更送诗翁入醉乡。

2013 年 6 月 9 日

## 悼小犬灰灰

小犬全家宠，相随十八年。
扑怀流露乐，舔手渴求怜。
尽责闻铃吠，偷闲挡道眠。
今朝成永诀，追忆一潸然。

2013 年 6 月 17 日凌晨五时

## 悼小犬灰灰再赋一绝

连日难除葬犬哀，老怀沉重忆灰灰。
几回习惯房中唤，总觉它还会过来。

2013 年 6 月 19 日凌晨二时半

## 愁

郁郁难潇洒，愁云满老怀。
欲行心少适，所遇愿多乖。
石在胸间压，沟来额上排。
自知非达士，不易忘形骸。

2013 年 6 月 18 日

## 谒海丰文天祥公园方饭亭

炎炎仲夏小亭阴，肃立碑前拜所钦。
一饭炊烟留正气，五坡岭月忆丹心。
公曾惶恐犹轻死，我纵零丁亦苦吟。
何日更逢慷慨士，风檐古道共披襟。

2013年6月26日于广东海丰县

## 与诗友汕尾遮浪海滩听涛

壮美须来汕尾寻，遥看一线水天侵。
山遮风浪分平仄，足踏沙滩识浅深。
缓急涛声冲击梦，高低鸥影滞留心。
诗人欲借千堆雪，扫尽尘寰靡靡音。

2013年6月26日于广东汕尾市

## 步韵送别衍亮诗友

相逢海上结缘诗，畅叙茶楼不定时。
君慕清音成习者，我倾飞瀑作新词。
比邻能访何辞远，有友堪求未觉迟。
只惜从今欢聚少，几多往事付凝思。

2013年6月30日

## 题常熟尚湖

登山俯览雾中湖，一卷茫茫白纸铺。
垂钓子牙终灭纣，并耕虞仲乃兴吴。
寺留幽径钟犹在，女有高风士不如。
造化旁观无字迹，诗人跃跃欲狂书。

2013年6月29日作于常熟　7月3日改于上海

## 酷暑戏作

关闭空调顺自然，桑拿浃汗不花钱。
烹茶似入蒸锅里，炒菜如偎炮烙边。
三伏白光穿户逼，连宵赤膊上床煎。
疑心九日何曾落，后羿弯弓是浪传。

2013年7月5日

## 戏说房市

不降翻升价失常，年薪只值半平方。
朱门早已闲三径，白袷终难鼓一囊。
靠我勤劳篮打水，盼他调控雪加霜。
芸芸百姓皆河伯，望着洋楼叹息长。

2013年7月6日

## 忆昔

老来童趣自重温,上树千回像活狲。
小祸难防多处闯,坏孩总有一帮跟。
踢球邻骂窗常碎,吃饭娘呼日已昏。
岁月如斯川逝去,儿时留下最深痕。

2013 年 7 月 8 日

## 读袁崇焕传有感赋二律

### (一)

重温痛史泪长流,崛起中华岂易求。
总被小人先得势,每教正气不抬头。
天虽纠错多迟到,国已垂危孰远谋?
最恨难调嫉能口,古今谣诼未曾休。

### (二)

怒发长车是岳词,忠魂粉骨乃袁诗。
大川吟啸沸腾血,峻岭回思痛彻脾。
报国此怀何磊落,蒙冤那幕太伤悲。
鬼雄多少成星石,频为中华筑路基。

2013 年 7 月 9 日

**【附】**

袁崇焕《入狱》："但留清白在，粉骨亦何辞。"《临刑口占》："死后不愁无勇将，忠魂依旧守辽东。"《崇祯纪事》："袁崇焕奏曰：'以臣之力治全辽有馀，调众口不足。一出国门，便成万里。嫉能妒功，夫岂无人？即不以权力掣臣肘，亦能以意见乱臣谋。'"

## 金湖荷花荡（二首）

### （一）

六月荷塘好，芙蕖万亩妍。
迎风姿洒脱，映日色新鲜。
梦酿微微雨，情牵淡淡烟。
清香无重量，蘸笔透诗笺。

### （二）

万亩荷花荡，青青不见边。
护肤风细细，养眼叶田田。
方摄轻摇蕾，休惊熟睡莲。
诗人忙四季，盛夏一陶然。

2013 年 7 月 15 日于江苏金湖

## 咏荷

满池擎翠盖，宜雨也宜晴。
挽手秋同老，连根夏再生。
刚柔皆有度，疏密各无争。
互爱低洼地，人间少此情。

2013 年 7 月 15 日于江苏金湖

## 咏红豆

小豆枚枚琥珀红，润圆滚烫火星同。
似从遥远华年至，又与缤纷梦境通。
彼岸飘云来掌上，伊人撑伞入眸中。
诗翁写出相思句，都是神奇此物功。

2013 年 7 月 18 日

## 大 暑

大暑如蒸困小楼，折腾逾月未曾休。
毛巾给力勤除汗，电扇加班乱转头。
天上甘霖难普降，人间好梦莫奢求。
诸神都在清凉界，哪识凡民渴望秋。

2013 年 7 月 22 日癸巳大暑

## 毛笔抄诗戏作

吟罢新诗手自抄，年来已敢屡挥毫。
性真随处难藏拙，字野如人不怕嘲。
泼墨有形兼有义，出锋同剑又同刀。
去繁留简涂鸦后，秋感春愁化线条。

2013 年 7 月 25 日作　7 月 28 日改

## 答星汉兄

梦中讹报病情危，电话匆匆万里追。
急响铃声于海上，遥传关切自天陲。
君因厚道无横祸，我亦宽怀未倒霉。
语罢释然同一笑，不妨吟讽共扬眉。

2013 年 7 月 27 日

【注】
星汉兄自新疆来电说梦见我病重，特询问，我告之无事，皆大笑。

## 与文朝、建新乘船夜游黄浦江

忽来雷雨降高温，小艇乘风破浪巡。
碎裂灯光争坠水，朦胧楼影欲摩云。
舷窗外景悠悠赏，杯茗边文细细论。
多少斑斓诗国梦，又添一个浦江滨。

2013 年 7 月 31 日

## 与笃文教授、文朝将军拜会华林丈室照诚上人

九天瓢泼送雷声，丈室之音未减清。
同品老茶思古道，更题新句作嘤鸣。
妙言听久能生悟，好梦成真在笃行。
围坐禅林风雨夜，人人脸上见晴明。

2013 年 8 月 1 日

## 生日独酌

绕日匆匆又一圈，积来六十六虚年。
梦留初见云鬟影，诗带重游雨巷烟。
逝者欲追添怅惘，舍之所得剩缠绵。
今宵只似平常过，独酌书斋不羡仙。

2013 年 8 月 4 日作　8 月 8 日改

【注】

余生于 1948 年 8 月 4 日晨 7 时 13 分。

## 贺香港诗词学会林峰会长八十寿诞

遥贺香江八秩翁，依然硬朗一顽童。
身虽总在洋装里，心却常游汉字中。
吟得海波皆带韵，行来岭树共生风。
诗坛业绩传天下，未必王侯有此功。

2013 年 8 月 11 日

## 祝贺周老退密先生百岁寿诞

隐居都市小楼中，海上名传百岁翁。
眼未老花燃作炬，步犹轻健踩成虹。
看多陵谷心仍静，历久风云句更工。
称羡称奇天有问：做人能不学周公？

2013 年 8 月 13 日

## 游顾渚寿圣寺赋长句呈界隆上人

凌云高塔矗丛林，入寺幽幽花木深。
久立婆娑银杏脚，忽生旷远赤乌心。
老茶新句皆禅味，密竹疏钟共梵音。
方丈室中摇草扇，清凉自降不须寻。

2013 年 8 月 29 日于浙江长兴

【注】
相传寿圣寺始建于三国吴赤乌年间，盛于唐。界隆方丈赠我手编草扇一把。

## 步韵答京战兄

京华飞抵共交心，两度倾谈茶座深。
天下诡奇千拍案，人生旷快一披襟。
何妨俗尚横眉对，且作端居抱膝吟。
宝剑昔酬慷慨士，送行吾欲赠瑶琴。

2013 年 9 月 3 日凌晨五时

## 中秋节前与商界诸友聚饮

有朋来远乐如何？共为中秋对酒歌。
窗外尘嚣风过耳，樽前笑语口悬河。
人生妙句须心呕，财富金针是杵磨。
互道成功俱不易，月圆时节莫蹉跎。

2013 年 9 月 3 日夜

## 祝贺吴江诗词协会（秋鲈诗社）成立十周年

垂虹桥畔最牵情，立太湖边望古城。
近水每能多月色，忆鲈何处不秋声。
景因骚客增添美，人与缪斯缔结盟。
十载难忘旧传统，吴江远播是诗名。

2013 年 9 月 8 日晨

## 登鹤山升仙台

踏径登山入翠烟，白云垂处海无边。
诗人同上还同下，不做飞仙做谪仙。

2013 年 9 月 10 日于山东即墨

## 游崂山因大雨未登临观景赋此

驾车穿雨绕崂山,雪浪殷勤扑海滩。
巨匠堆成一盘石,小船摇出万层澜。
心乘吊缆通云外,手接飞流到笔端。
移景入诗知法度,意须奇崛境须宽。

2013 年 9 月 12 日于山东青岛

## 游济南老街巷

曲水空明漾白鹅,绿莎红掌斗婆娑。
小楼沏茗故人聚,深巷催诗风物多。
满满菜盘尝鲁味,喧喧音碟放齐歌。
大明湖近街东角,踱步无须唤的哥。

2013 年 9 月 14 日于山东济南

【注】
李白《沙丘城下寄杜甫》:"鲁酒不可醉,齐歌空复情。"

## 访山东大学

少年耽读仰诸公，鬓白初游问旧踪。
落下梧桐隙间雨，吹来楼舍昔时风。
莫非穿径还能见？也许推门即可逢。
偶像今都成塑像，安详立在校园中。

2013年9月15日山东济南

【注】
访山东大学谒陆侃如、冯沅君及历史系诸教授塑像，萧涤非塑像久寻未见，闻已在筹建之中。

## 中秋戏作依树喜兄韵

科学害诗学，骚人辜负秋。
举杯心已冷，望月梦难浮。
蟾兔无生命，婵娟是石头。
知天如指掌，偶亦怨神舟。

2013年9月19日

## 中秋戏作

分明蟾兔伴婵娟，更有吴刚未动迁。
登月飞船太多事，说无仙迹与人烟。

2013 年 9 月 19 日　癸巳八月十五

## 谒遗山墓园

笔阵排天耸大杨，远山奔马赴高墙。
土堆作墓留千古，诗刻成碑满一廊。
英气已埋吾不信，酷评虽起尔何妨。
书生青史添佳句，都是中华柱与梁。

2013 年 9 月 24 日于忻州

【注】

1. 元好问诗："落日青山万马来。"
2. 陆游《记梦》诗："李白杜甫生不遭，英气死岂埋蓬蒿？"
3. "金亡不死"曾是元好问的一大罪状。明储巏说元好问"唯欠一死"。清全祖望说他"于殉国之义有愧"。乾隆皇帝认为："元好问于金亡之后，以史事为己任，托文词以自盖其不死之羞，实堪鄙弃。"

## 访忻州傅山园二律

### （一）

几间旧屋傍山幽，一一推门作访求。
窗下茶杯犹似热，炕头书卷未曾收。
磨盘上坐天将夕，水井边吟树已秋。
遗憾先生恰离去，小园随处屐痕留。

### （二）

重君何啻是才情，气节能持骨更清。
字似老松垂绝壁，诗如残甲守孤城。
辞他金诏真须勇，添尔青峰不肯平。
一抹斜阳解人意，朱衣披满旧檐楹。

2013年9月24日于忻州

【注】
傅山有诗云："既是为山平不得，我来添尔一峰青。"镌刻在园中立石上。傅山晚年着朱色衣，号"朱衣道人"。

## 登雁门关

雁门雄险一登攀，千古兵家争此关。
日色肩头添上重，秋风心际透来寒。
群峦入梦追唐宋，万木挥毫点翠丹。
只愿从今华夏土，无须垛堞保平安。

2013 年 9 月 24 日于忻州

## 念奴娇·雁门关抒感同萨都剌登石头城用东坡韵

雁门关上，问青山、如马似龙何物？天地相交皆曲线，起伏断垣残壁。想见当年，佳风景里，白骨铺成雪。几多生命，鬼雄原是人杰。　　今剩野草离离，添些茅舍，岁岁黄花发。络绎游人盘径上，金鼓灰飞烟灭。男举相机，聚焦靓女，飘起长长发。喧喧笑语，无言惟有山月。

2013 年 9 月 24 日于忻州　10 月 2 日改于上海

## 登代县边靖楼

登上长城第一楼,烟光古县绕廊收。
山峦叠向青天外,鸟雀飞回粉堞头。
残柱裂砖藏战史,旧腔新调唱风流。
诗人不管边关事,拍罢栏干也自忧。

2013 年 9 月 25 日于忻州

## 谒代县杨家祠堂

心香一炷向天烧,我到祠前颇自豪。
无愧姓杨须激励,莫教诗笔不如刀。

2013 年 9 月 25 日于忻州

## 登宁武关

驱车百里又登关,宁武城头纵目看。
新屋渐同荒堞接,断垣犹在远山盘。
烽烟化作炊烟白,戎旆飘成酒旆丹。
览胜吾侪知庆幸,战争之后享平安。

2013 年 9 月 26 日于忻州

## 宁武悬空村记游

投入峰怀抱，抬头忽见村。
木悬铺出路，石落砌成门。
鸡犬云间走，涧泉岩隙喷。
下山回首望，翁媪立黄昏。

2013 年 9 月 26 日于忻州

## 游老牛湾堡

攀登古堡作环游，九曲黄河一览收。
山势竟教天欲堕，水形浑遣地能浮。
岸边人立如纤草，谷底涛奔似犟牛。
骚客自惭方寸窄，小诗无力挽狂流。

2013 年 9 月 27 日于忻州

## 吊古战场

废墩残堠矗荒山，无数亡魂去不还。
谁识更多争与斗，战场都在寸心间。

2013 年 9 月 27 日于忻州

## 夜望偏头关

雄关夜望一偏头，淡淡月光轮廓勾。
车马正忙金鼓逝，英雄已去戏文留。
五洲依旧多兵燹，九域如今几将侯？
灯火万家喧闹处，最沉默是古城楼。

2013 年 9 月 27 日于忻州

## 西口古渡感赋

浪涛滚滚欲何之？长使人生聚又离。
壮别天涯三盏酒，胜游关外数行诗。
君乘涉水黄河筏，我拄登山绿玉枝。
千载几多儿女泪，都来西口一挥时。

2013 年 9 月 28 日于忻州　10 月 1 日改于上海

## 往事记忆

大脑皮层柜与橱，能藏多少破残书。
长年压着浑忘却，偶尔翻来似劫馀。
拂晓星光趋淡薄，摩崖字迹转模糊。
斑斓梦境留痕在，胜过凡高印象图。

2013 年 10 月 9 日作　10 月 13 日改于赴黔车上

## 赴黔火车上过重阳吟成寄友

未趋篱畔未登高，软卧车厢读楚骚。
足不移能行万里，兴仍飞可上重霄。
故人短信心相忆，远客长吟首独搔。
今岁重阳谁做伴？轨轮一路共推敲。

2013 年 10 月 13 日于赴黔车上

## 车行从贵阳赶往兴仁途中作

初识黔西磅礴容，下沉红日吻乌蒙。
轻纱大幕铺张雾，弧线长桥嫁接峰。
车小真如飘一叶，山奇竟似舞千龙。
相机唐突天然景，强被携归闹市中。

2013 年 10 月 14 日于贵州兴仁

## 游黄果树戏作

天欲豪吟气势雄，银河怒泻诉情衷。
人投崖洞穿行瀑，壑展襟怀架设虹。
奇景方观黄果树，新闻正播白岩松。
世间污秽除难尽，安得飞泉一洗空。

2013 年 10 月 17 日于贵州

## 西江千户苗寨纪游

天风忽扫雨帘开，露出寨中千户来。
山似披鳞灰瓦裹，楼皆吊脚白云偎。
擦肩而过多银饰，移步之间尽药材。
我扮苗王留个影，换装摘镜让人猜。

2013 年 10 月 17 日于贵州凯里

## 游青岩古镇

石板高低小径斜，闲游古镇憩农家。
碗倾米酒腮微烫，面拌椒油舌久麻。
城堞昔年留下炮，牌坊今夕抹来霞。
片时走遍村头路，认领诗情未有涯。

2013 年 10 月 18 日于贵州花溪

## 游东老爷山

山小驰名也自雄，昔闻今见老爷东。
檐甍飞耸高坡上，云雾腾挪乱谷中。
一岭筑楼居道释，百碑咏雪走蛇龙。
风流人物添传说，辅弼神奇造化功。

2013 年 11 月 5 日于甘肃环县

## 咏环县民间道情皮影戏

围坐来看幕一层,神通各显影喧腾。
铿锵坦板连飞板,明亮油灯映汽灯。
心上所需非物质,民间不缺是才能。
戏文听罢馀音在,满眼缤纷意象增。

2013 年 11 月 5 日于甘肃环县

## 参观东山生态环境综合治理

遥看高阁挂斜阳,满眼丘原好景光。
骚客采风吟句醉,林苗结队上坡忙。
山皆商略同披绿,水正追求不带黄。
从此东君无顾虑,也能靓丽换春装。

2013 年 11 月 6 日于甘肃环县

## 登高望虎洞乡大型梯田

小车颠簸入云空,起伏沟原一望中。
青翠层层抽镜屉,玄黄处处刻盘龙。
相机恨缺环形幕,诗笔惭无八面锋。
叠韵梯田吟大气,使人惊叹陇之东。

2013 年 11 月 7 日于甘肃环县　11 月 8 日夜改于上海

## 答星汉兄原韵

虽非汪与李,送别亦情真。
君去留前席,吾追望后尘。
心因分手困,眉为得诗伸。
世说添新语,王杨谊绝伦。

2013 年 11 月 10 日

## 西林禅寺品茶

正厌喧嚣扰我心,忽然漫步到西林。
沐香法雨避秋雨,品铁观音听梵音。
习定思维追梦远,参禅意境入诗深。
随缘不必先相约,总有祥云伴雅吟。

2013 年 11 月 12 日

## 游顾渚古银杏公园

气转凉时色未凉,满园飞叶缀秋光。
金风试纸真灵敏,一插深林即变黄。

2013 年 11 月 16 日于长兴顾渚

## 咏长兴寿圣寺古银杏

两株银杏立深秋，一片清氛古刹幽。
频送香烟飘寺外，长迎星月挂檐头。
枝遭电击青犹在，果被霜侵白未休。
风骨树犹如此峻，为人几个可同俦？

2013 年 11 月 16 日于长兴顾渚 11 月 21 日改

## 宿朱家角

粉墙灰瓦宿珠溪，窗外农家一望低。
抱个水乡来枕畔，满心知足梦中栖。

2013 年 11 月 18 日

## 朱家角饮茶

金骏眉添落照红，石桥影入小茶盅。
诗人结伴河边坐，采集明清残剩风。

2013 年 11 月 18 日

## 游千灯镇

车舟共泊小河边，街巷游人汇作川。
旧石板通桥几座，古银杏伴塔千年。
城中失去宜居地，郊外来寻别有天。
听罢牡丹亭一曲，赏心乐事久流连。

2013 年 11 月 23 日凌晨六时于千灯

## 别塔影苑（八首）

　　龙华寺塔影苑因市政借道即将拆除，诗友回忆初逢重聚，在此苑中近十年矣。一亭一石，一草一花，皆结诗缘禅缘。一旦此苑消失，心中好生不舍。方丈照诚赋诗并邀诗社三十人雅集，意在与小苑道别。诸君援笔赋诗，余亦即席题八绝句。他年小诗虽存，小苑不复存矣。

### （一）

十年池畔结诗缘，人影常围塔影边。
发展每求增效绩，频教胜迹化尘烟。

### （二）

黄墙一道隔红尘，雅集吟秋又咏春。
忽报拆除池与院，最伤感竟是诗人。

## （三）

玲珑小院不空空，塔影诗痕笔有踪。
推土机来收集去，一齐碾压此门中。

**（步照诚方丈韵）**

## （四）

一墙相隔几神灵，小小庭园护未成。
每见钟情之物毁，不如意事叹人生。

## （五）

旧雨新朋共感恩，不期而入院墙门。
小池曾刻涟漪上，有段如诗岁月痕。

## （六）

来随塔影久迟留，迷你池塘迷你楼。
此是诗人一琼岛，十年翔集几沙鸥。

## （七）

几回禅院共吟诗，适性怡情草木知。
鸟雀他年寻旧境，可来吾梦一求之。

## （八）

敲诗煮茗寺东厢，磬响钟鸣入梦长。
但愿境迁人不散，聚时仍带佛前香。

2013 年 11 月 24 日至 28 日

## 冬至夜

盛阴今起转初阳，寒岁追思共夜长。
故友语声来耳际，先君背影在灯旁。
心徒撞鹿残留痛，手欲涂鸦克服僵。
又有意深词浅句，彻宵搜索出愁肠。

2013 年 12 月 22 日夜作　12 月 25 日凌晨三时改

## 写诗戏作二绝句

### （一）

铺笺抚卷探求深，审义观形又辨音。
选字入诗如选美，不容骚客不操心。

## （二）

夕阳芳草忆惊鸿，雨巷虹桥伴醉翁。
多少似曾相识句，藏于生活大书中。

       2013 年 12 月 27 日

## 12 月 26 日

当年此日最难忘，共咽馋涎上食堂。
红酱油汤排骨嫩，白搪瓷碗面条长。
饱餐一顿公家请，敬祝三声美味尝。
圣寿今逢双甲子，无穷感慨忆骄阳。

     2013 年 12 月 26 日作　12 月 29 日改

## 元旦

今晨睡起不须忙，日历轻掀第一张。
吟罢小诗心态好，新年总是很阳光。

       2014 年 1 月 1 日

## 元宵咏月

围绕地球从不争，移情别恋亦何曾。
一轮长表娟娟白，俯看人间炫彩灯。

2014 年 1 月 11 日

## 岁杪

岁云杪矣慨徒增，拖累身心浑不胜。
极恶俗人频触眼，最伤感事总填膺。
精神减负唯诗句，世道看轻是德能。
垂老欲购偏远宅，深居做个在家僧。

2014 年 1 月 16 日作　1 月 19 日改

## 闻中央出台八项规定

拍蝇打虎未嫌迟，天响惊雷举世知。
公款岂容如此用，私心正要这般医。
民求一梦康同泰，令出千山腐化奇。
我愿官场风气转，从今不写刺贪诗。

2014 年 1 月 20 日作　1 月 26 日改

## 甲午春节

老来浑已怕春临,伤逝无方驻寸阴。
贺卡多如云片片,流年快似马骎骎。
常将感慨诗中置,仍有追求梦里寻。
重理旧愁难剪断,萦丝带缕入新吟。

2014 年 1 月 24 日

## 马年咏马

迎新又共饮屠苏,万户门悬骏马图。
且慢马年歌颂马,害群之马要先除。

2014 年 1 月 28 日

## 除夕

城近年关似退潮,小街商铺忽萧条。
卷帘门内无灯火,挂锁楼前有店招。
百万民工春运走,两三鸟雀夜陪聊。
赶回家看荧屏里,歌舞升平闹一宵。

2014 年 1 月 30 日

## 甲午书感

百廿年前战一场，重温饮恨细思量。
太多权贵汪精卫，几个将军邓世昌？
凌弱总能频肆暴，御凶偏未自图强。
教狼刮目相看法，只有从今不做羊。

2014 年 1 月 31 日甲午年正月初一

## 龙华寺接财神戏作

一进寺门年味浓，跃来狮子舞来龙。
烟飘祈福层层殿，杵击求财阵阵钟。
天下今宵同做梦，人心何处不争雄。
我忧鞭炮声如炸，吓退云端五路翁。

2014 年 2 月 3 日甲午年正月初四夜半

## 春雪

好雪无时节，春来任性飘。
一宵闻絮语，满苑缀琼苞。
忽觉城乡洁，频添山水娇。
我思凭借力，粹美到风骚。

2014 年 2 月 10 日

## 情人节戏作

每逢佳节不思亲,灯火阑珊醉了春。
今夕情人随处有,明朝难觅有情人。

2014 年 2 月 14 日

## 欣 闻

欣闻雨雹扫贪官,不只雷声响政坛。
昔日石从河里摸,此时瘤向肉中剜。
蔓延世俗奢风易,固守人心净土难。
谈虎久教民切齿,会看擒罢共加餐。

2014 年 2 月 15 日作 2 月 16 日改

## 过旧宅

挪步沉沉访旧踪,物华心绪共残冬。
短檐未减苔痕绿,深巷仍留夕照红。
谁识窥园今逸叟,即为爬树昔顽童。
几多情景难迁徙,都在流光强拆中。

2014 年 2 月 20 日

## 夜 思

夜对孤灯始定神，大千世界孑然身。
留心不敢触伤处，入梦偏常逢故人。
过去光阴流水远，未来情景断云新。
朦胧大脑皮层事，欲待删时又逼真。

2014 年 2 月 24 日

## 读《离骚》

一自灵均赋楚辞，直教骚客至今痴。
美人追到云霓外，芳草浇来涕泪时。
代代国殇垂伟节，声声天问动哀思。
不将生命磨成墨，几个真能写出诗。

2014 年 3 月 12 日作 3 月 13 日改

## 记马航失联

深夜航班忽失联，八方忙乱急如煎。
捞针已破千重浪，折戟难寻一缕烟。
猜久疑团无谜底，抢先消息有谣传。
谁知小小寰球上，人类依然很可怜。

2014 年 3 月 16 日

【注】

3月8日，马来西亚一民航班机失踪，上载239人。多国出动舰机搜寻多日无果。

## 咏洪洞大槐树

江南塞北遍儿孙，拜祖寻槐到小村。
分出散枝舒展叶，挺来主干扎牢根。
梦中牵挂风霜影，趾上残留坎坷痕。
老树千秋无语立，教人惜荫感深恩。

2014年3月18日于山西洪洞

## 游子吟

游子不论时与地，无方可避苦思乡。
大槐飘叶皆沾露，明月流波遍结霜。
人渐老来根欲近，巢难归去鸟空忙。
村边艳羡花和草，留守家园醉夕阳。

2014年3月19日晨六时于山西洪洞民俗饭店210室

## 题洪洞苏三监狱

黑牢游客骂官衙，彩塑佳人尚戴枷。
一曲戏文关不住，声声越狱入千家。

2014 年 3 月 20 日于山西洪洞

## 咏霍泉

渥泽方池何处来？水神倾吐展胸怀。
霍山南麓深深处，定有冰心一片埋。

2014 年 3 月 20 日于山西洪洞

## 访晋祠

名祠气象自萧森，绕水穿花胜迹寻。
周柏是何时倒地，唐碑竟每字倾心。
女虽泥塑疑皆活，井正泉喷欲共斟。
感慨千年兴废事，古槐无语我长吟。

2014 年 3 月 22 日于山西太原

## 小 桃

点点轻红粉白苞，春风似欲与人交。
诉来多少温馨语，都向村前绽小桃。

       2014 年 3 月 27 日

## 游复兴公园在童年留影处久坐

梧桐三月又抽芽，可识当年四岁娃？
羡雀思同树枝跃，学猴肯不铁栏爬。
鬓边已挂垂垂雪，径畔仍开嫩嫩花。
此处台阶留过影，今来久坐雨丝斜。

       2014 年 3 月 28 日

## 谒阮籍墓

傲然杨树插云高，吊客穿田踩麦苗。
碑上模糊文可辨，墓前湿漉酒谁浇？
咏怀竟至穷途哭，轻礼何妨俗世嘲。
多少诗人皆入土，难埋依旧是牢骚。

      2014 年 4 月 2 日于河南兰考

## 东坝头乡黄河岸边作

北呼东啸见惊波，顿觉身心带电多。
胸内血浆添激浪，手中茶盏起漩涡。
万年浓汁真成乳，九曲迂途总放歌。
掬饮神州百川水，能令我哭是黄河。

2014 年 4 月 4 日于河南兰考　4 月 5 日改于返沪动车上

【注】
兰考东坝头乡位于黄河九曲十八弯的最后一道弯，黄河在此北来东转调头奔腾入海。

## 读书戏作

躲进时光隧道中，闭门开卷乐融融。
烦心事正从容避，可意人能取次逢。
欲劝灵均莫沉水，好随李杜共登峰。
此身合是行吟客，啸傲还须约放翁。

2014 年 4 月 9 日赴义乌动车上

## 游横店影视城

似曾相识境重开,历史长廊大舞台。
复古换装衣有褶,登基拍照椅无埃。
事能造假从头演,情莫当真费劲猜。
游罢方知都是戏,平添欢喜与悲哀。

2014 年 4 月 9 日于浙江东阳

## 参加遂昌汤显祖文化节观看昆曲《牡丹亭》

雨丝风片水悠悠,岭上馀音绕未休。
好梦从来皆一瞬,汤翁能做到千秋。

2014 年 4 月 11 日于浙江遂昌

## 游遂昌金矿公园

唐时山径宋时林,千载悠悠隧道深。
到此诗人须借鉴,如何采石炼成金。

2014 年 4 月 13 日于浙江遂昌

## 诗友聚江南村酒家再叠前韵

江南细雨小楼深，老酒新茶浅浅斟。
几桌笑容先霁色，满堂叙话已潮音。
草民空有忧时句，蠹吏全无济世心。
我欲争当独醒客，不曾轰饮醉沉沉。

2014 年 4 月 19 日

【注】
　　清孙枝蔚《甲申春日纪事》诗"盗贼翻能除蠹吏，公卿枉自学财奴。"

## 诗友微信寄来荷花照片一组瞻慕久之得句

惊见瑶池影，依依叹再三。
碧圆清泪滴，红净淡香含。
美到人皆妒，纯令我自惭。
怅然相对久，恨不一倾谈。

2014 年 4 月 28 日于虹桥赴京口高铁上

## 访焦山碑林

竹林投洒翠蓝光,错落残碑曲折廊。
绝代才华添釉色,历朝岁月裹包浆。
蟠来小岛龙蛇迹,飘向长江翰墨香。
心醉手摹留恋久,也增宁静也增狂。

2014 年 4 月 29 日于镇江 4 月 30 日改于上海

## 登北固山

山可驰名不在高,稼轩留句润之抄。
东流水洗盈亏月,北固楼牵涨落潮。
终古几雄争伟业,只今三国付闲聊。
诗成泽畔如沙数,一掷都须大浪淘。

2014 年 4 月 29 日于镇江 5 月 1 日凌晨改于上海

【注】
北固楼中墙上高悬由毛泽东手书的辛弃疾两首词。毛泽东,字润之。

## 疑团

科学真需发展观，至今难解尽疑团。
情无形体居然重，梦有空间何等宽。
灵与光都能感觉，运和气总在盘桓。
区区脑袋皮层小，装个乾坤竟不难。

2014 年 5 月 4 日

## 甲午四月初八浴佛节之夜在龙华古寺听音乐会

妙曲祥烟共绕梁，心灯浴后亮堂堂。
歌声飞出如来殿，个个音符带佛光。

2014 年 5 月 6 日

## 与诗友长兴茶园饮茶

茶园放眼翠遮坡，赚得诗人次第歌。
雨带鸟声添婉约，风携树影展婆娑。
白云铺纸长留句，紫笋成峰倒映波。
莫笑我来贪一碗，只缘清气世无多。

2014 年 5 月 11 日晨五时于浙江长兴

## 小 满

绿满枝头红满尘,匆匆客里又辞春。
已将花事当人事,每以萍身及己身。
忍住千回酸到鼻,吞来一味涩沾唇。
芳魂倩影空飘忽,任我追寻不转真。

2014年5月21日小满作 5月22日晨七时改于赴深圳车上

## 游惠州西湖

水柔山媚老榕粗,岭外长堤也姓苏。
苍鹭又归人异昔,彩舟仍系渚如初。
诗吟风月留千句,石刻须髯伴一姝。
身化白云难贬谪,心安随处有西湖。

2014年5月25日于惠州

【注】
东坡侍妾朝云葬于此,有两人雕像。

## 游桂平龙潭森林公园

自信诗人也是龙，无须探胜怕途穷。
怪岩高叠飞冲瀑，急雨横穿驾御风。
鞋带泥多如爪巨，衣沾云湿与鳞同。
啸吟忽起山林震，今得回归大壑中。

2014 年 5 月 31 日于广西桂平 6 月 1 日改

## 桂平西山咏松

西山松树好，挺拔入云天。
浇土多禅雨，穿林有佛烟。
清由风送达，明是月流连。
最得诗人敬，株株气骨坚。

2014 年 6 月 1 日于广西桂平

## 游西山龙华寺

南国攀岩谒梵宫，云间忽响宋朝钟。
身游山寺三层殿，心醉松林十里风。
新友相逢说缘份，好泉共饮助谈锋。
诗家也爱禅家坐，为写尘寰色与空。

2014 年 6 月 2 日甲午端午于广西桂平

## 访金田营盘感赋

兵马今何在？营盘剩草花。
揭竿村渺小，吐气日倾斜。
政易亡于讧，权终败自奢。
几多高位者，未识鉴前车。

2014 年 6 月 2 日于广西桂平

## 游白石山

片片丹霞欲共飞，凌空巨石垒成围。
洞中玉露甘霖滴，崖上雕梁画栋垂。
险径弯时佳境出，奇峰夹处爽风吹。
小山村在尘嚣外，正是诗人梦寐追。

2014 年 6 月 3 日于广西桂平

【注】
　　山在广西桂平东南，为道家三十六小洞天之一。山上有三清观、寿圣寺等。道观山洞终年滴水，水甚甘洌。

## 与德明鲁宁衍亮同游天平山

市区宁静致无门，一入名山处处存。
嘉木森森遮日脚，澄泉汩汩出云根。
径通精舍新茶沏，字辨危岩妙句论。
白范诸公高气在，吾伦渴欲拜师尊。

2014 年 6 月 15 日作于苏州　6 月 16 日改

## 赠高立元将军

人竟以诗分出群，草民交往识将军。
头衔皆可多于我，襟抱谁能更似君。
大漠并肩吟过雪，高原携手摘来云。
他年世说编新语，豪爽须添一则闻。

2014 年 6 月 21 日于北京

## 访听花堂

走进如园侧耳听，沙沙何处暗传声。
风前花蕊微微颤，石上泉流缓缓行。
大美线条非物质，自然心态即圆成。
无须更借秋波送，指运毫尖满是情。

2014 年 6 月 21 日于北京

## 题周迪平画展

展厅移步久沉吟,观赏丹青入梦深。
墙白瓦灰皆美色,鸡鸣犬吠是佳音。
指挥意境求新笔,抚慰人生念旧心。
多少乡村景如画,只今都剩画中寻。

2014年6月22日于北京

## 浪淘沙·怀旧(五首)

### (一)

花盛又花残,一样栏干。小园零乱泪斑斑。转暖春风浑不觉,添得心寒。　　吟句总难安,独自盘桓。流光似水梦如山。幽径绮窗都未改,少了婵娟。

### (二)

往事总难删,云去云还。飘来朵朵又团团。恍见伊人纤弱影,总在云端。　　别后忆芳颜,梦绕秋山。当时怜爱几回看。脑电波中留印象,颦笑依然。

## （三）

初夏绿阴浓，曲径寻踪。满园虫鸟闹腾中。草树以为秋尚远，兀自葱茏。　　往事转头空，剩有清风。人生无奈梦匆匆。久立小芳曾立处，回忆初逢。

## （四）

移步总迟迟，重过春池。波中倩影伴涟漪。二十年前高树下，共读唐诗。　　独自抚芳枝，又立多时。几分惆怅几分痴。空把未曾倾诉语，说与花知。

## （五）

云鬓淡香留，月映琼楼。梧桐疏影那年秋。记得绵绵多絮语，相对凝眸。　　人去已休休，梦好难留。寻寻觅觅到街头。一度相逢形似女，一度心揪。

2014年6月26日至6月27日于济南

## 浪淘沙·往事

往事辑成书，茎叶难枯。白云采撷卷还舒。情节能圈能点处，岁月留珠。　　浪迹忆当初，随遇江湖。剩些清晰与模糊。一角夜空曾拥有，几点星疏。

2014 年 6 月 28 日

## 浪淘沙·遣怀

小院绿成荫，岁月骎骎。凭栏追昔又思今。打理一堆长短梦，付与闲吟。　　自沏铁观音，自抚瑶琴。共谁分享更倾襟？梅雨殷勤肥了夏，瘦了春心。

2014 年 7 月 3 日

## 鲈乡山庄听琴二绝句

### （一）

手拨江南水线条，春柔雪软暑全消。
琴声袅袅抽新缕，连接垂虹旧断桥。

### (二)

山庄谁抚七弦长，泉语松声久绕梁。
顿使诗人添绮梦，结庐从此到鲈乡。

2014 年 7 月 13 日于吴江

## 购苏州湾吾悦公馆寓所步永兴原韵

散淡人追散淡风，卜居垂老傍垂虹。
从今吾悦吾吟处，长向太湖湖岸东。

2014 年 7 月 13 日于吴江

## 捣练子·怀念（二首）

### (一)

花似旧，梦常新，几度重逢已逝人。
生死始知非永别，移居两界暂为邻。

### (二)

人已逝，物犹存，睹物思人欲断魂。
总觉阴阳虽隔绝，还应都在地球村。

2014 年 7 月 21 日上海赴广西火车上

## 与星汉东邀新河诸诗友登容州经略台真武阁

绣江流水绕高台,登阁烟光一望开。
山正送青争自荐,云仍留白待谁裁?
好诗不信人题尽,杰构浑疑佛降来。
胜迹几多存劫后,还供我辈逞吟才。

2014 年 7 月 22 日于广西容州

## 西江月·参观南方黑芝麻公司赠李汉荣主席

营养堆盘黑色,健康透脸红光。芝麻小小谷中王,粒粒饱含希望。　　手以一双致富,名能五百称强。又吟诗句又经商,圆了炎黄梦想。

2014 年 7 月 22 日于广西容州

## 戏咏芝麻糊

儿时爱灌此醍醐,小舌将盘舔到无。
不是人生常健脑,谁能真悟得糊涂。

2014 年 7 月 24 日凌晨于广西容县

## 咏千年古藤

也非妖怪也非神，千载苍藤巨蟒身。
游走独来还独往，搭缠相近又相亲。
长条不向青云附，曲干还延翠谷伸。
正为村民巡视去，一方呵护作高邻。

2014 年 7 月 25 日于广西容州

【注】
古藤在容县六王镇古泉村深山密林中。主干粗处可三人合抱，分枝无数，不计其长。

## 谒太清宫老子故里

常名常道与谁论，盛世来寻众妙门。
老宅紫薇迎紫气，小池玄水守玄根。
五千个字难医俗，三两尊神却降恩。
匾上又题如蚓字，大官贻笑给儿孙。

2014 年 7 月 27 日于河南鹿邑

## 谒太昊伏羲陵

高坟岁岁草离离,一炷心香敬伏羲。
风拂新蓍占好梦,烟薰古柏剩枯枝。
争权举世人行健,养德当今世笑痴。
可叹五千年后客,跪求财富近无知。

2014 年 7 月 28 日于河南淮阳

## 谒伏羲画卦台

龙钟古柏颈犹歪,一划凌云降此台。
风毁小亭重建立,门迎远客久徘徊。
斯翁智慧谁能及?吾辈愚蒙尚待开。
多少人生横与竖,写成都化六爻来。

2014 年 7 月 28 日于河南淮阳

## 谒孔子弦歌台

进门空寂草花多,仰止高台慨若何。
未必圣贤皆豫顺,纵然困厄也仁和。
智明堪比同聃老,功德何尝逊佛陀。
石像谦谦指微动,拨风弹水起弦歌。

2014 年 7 月 28 日于河南淮阳

## 登麦积山

葱茏群岭似奔涛,人近丹崖仰止高。
一垛山奇疑麦积,千尊佛美叹泥雕。
登攀栈道云同走,酝酿禅诗雨共敲。
归去寸心藏石窟,何妨都市对尘嚣。

2014 年 8 月 9 日于甘肃天水

## 谒天水伏羲庙

才到淮阳祭扫陵,又来天水谒槐庭。
残阳映壁涂层赤,古柏遮檐吐点青。
一画衍生传智慧,双鱼互动启愚冥。
感恩身有基因在,也是羲皇血脉丁。

2014 年 8 月 11 日于甘肃天水

## 游陇南西狭颂景区

翠岭穿行栈道斜,危亭嵌壁见摩崖。
蓄池平整如藏砚,裂石斑斓似绽花。
字刻汉形仍历历,泉留胡语尚哗哗。
一横一捺皆钟爱,我却涂来总类鸦。

2014 年 8 月 12 日于甘肃陇南

## 访陇南杜少陵祠

几回诗圣草堂参,足迹追寻到陇南。
同谷鸟歌人欲醉,满廊碑刻句皆谙。
竹沾灵气娟娟立,溪带沉思娓娓谈。
多少流离颠沛苦,方留一卷诵来甘。

2014 年 8 月 12 日于甘肃陇南

## 游崂山书感

童年故事识崂山,初访浑如故地还。
念净不须穿壁术,心宽也是避风湾。
谁教乱石偏相聚,我与浮云各自闲。
旧岁月连新景致,一齐收取到胸间。

2014 年 8 月 14 日于山东青岛

## 与诗友大明湖饮茶

大明湖畔坐,语笑尚天真。
煮茗清澄水,谈诗亢奋人。
雨荷声未老,秋柳韵仍神。
乐事斯为最,朋来聚旧新。

2014 年 8 月 16 日于山东济南

## "中华诗词当代创作的价值及其发展研讨会"召开，口占一律

研讨诗词老半天，图书馆里意缠绵。
专家话说风骚后，听众神游李杜前。
仿古瓶形留古韵，酿新酒味入新篇。
钟情汉字寻机遇，这一批人不为钱。

2014 年 8 月 23 日作　8 月 26 日改

## 游永嘉楠溪江

岩壑清晖处处含，回溪曲径惹人耽。
夹滩林影无穷翠，入水天光别样蓝。
雨已净尘诗自洁，云皆带氧梦方酣。
谢公屐印疑仍在，我踏苔阶步步探。

2014 年 8 月 27 日于浙江永嘉

## 游石桅岩

遥见楠溪上，庞然挂一帆。
来寻谢灵运，欲驾石桅岩。
林鸟吟公句，烟岚湿我衫。
胜游添咏兴，自语久喃喃。

2014 年 8 月 27 日于浙江永嘉　8 月 31 日改

## 访永嘉苍坡村

山襟水抱最销魂，彩墨斑斓绘一村。
砚似池平云可蘸，笔如街直气能吞。
清风长绕森森柏，古宅深藏道道门。
天籁不须人咏句，鸟音虫语是诗存。

2014 年 8 月 27 日于浙江永嘉　8 月 31 日改

## 江心屿与诗友小聚

谢公吟咏处，今日聚吾侪。
山入盈盈眼，江流浩浩怀。
长驰唯岁月，速朽是形骸。
自信清新句，千秋未可埋。

2014 年 8 月 28 日于浙江温州

## 赴黔江车上作

侧身欹卧铺，窗外响轮音。
大野车穿越，残云日下沉。
群聊无网络，独醒有茶斟。
享受时光缓，悠悠淌过心。

2014 年 9 月 6 日火车上

## 黔江客舍月夜

月光相伴满床明，分享婵娟普世情。
我在异乡无异梦，打鼾山舍响秋声。

2014 年 9 月 7 日夜于重庆黔江

## 中秋望月

数逢三五月圆时，偏到中秋始赋诗。
独步他乡常踽踽，相思此夜最痴痴。
萧骚华发飘霜径，寥廓清辉泛酒卮。
我觉婵娟解人意，总先心迹让她知。

2014 年 9 月 4 日初稿　9 月 8 日于黔江改稿

## 中秋夜宿黔江香山寺

忽入仙源里，秋空洒月光。
奇峰皆作态，古刹自呈祥。
心染禅烟喜，诗留寺壁香。
远来投一宿，流岁不匆忙。

2014 年 9 月 8 日甲午中秋夜于黔江

## 中秋之夜武陵山顶篝火晚会

人家武陵上，篝火溅群星。
云影添神秘，虫声助性灵。
天悬一轮白，岭湿万重青。
堪羡娟娟月，千秋总妙龄。

2014 年 9 月 8 日甲午中秋夜于黔江

## 赏黔江兰溪夜景

苍翠群山拥一河，星光灯影映柔波。
柳低垂处宜留客，水劲喷时忽有歌。
寻觅廊桥烟雨梦，品尝街店豆花锅。
小城风貌无喧噪，一片繁华也自多。

2014 年 9 月 9 日于黔江

## 游阿蓬江

渐入无人境，瑶池近眼前。
翠铺烟浩浩，白点鹭翩翩。
诗兴飞千岭，茶香载一船。
返城心不爽，今谪昨犹仙。

2014 年 9 月 10 日于黔江

## 游黔江蒲花暗河

船入开天辟地初，洞中深邃共惊呼。
抬头幻影千岩动，伸手幽光一指无。
心最骇时生悔怨，眼重明处得宽舒。
赞叹造化神来笔，我欲吟诗剩嗫嚅。

2014 年 9 月 10 日于黔江

## 重阳登高

昨宵秋气过淮扬，今起江南骤觉凉。
叶被吹干声转脆，山因消瘦色添黄。
满天星斗登楼近，千古悲欢入句忙。
清梦正追前哲去，篱边泽畔共徜徉。

2014 年 9 月 17 日

## "九一八"八十三周年口占

警报声中忆炮声，硝烟散去梦魂惊。
仇仍压我心头重，罪岂随他口上轻。
历史正须千遍读，教材何必几回更？
每逢今日香三炷，百姓祈求是太平。

2014 年 9 月 18 日

## 赴西昌途中

越桥穿洞渐黄昏，夹野群山势若奔。
万叠烟云车有路，几家房舍壑藏村。
人来高地沟通月，诗欲清宵奉献魂。
百感此时齐发射，要推新梦入乾坤。

      2014 年 9 月 21 日于四川西昌

## 秋游邛海

瑟瑟芦花夹岸生，高原托起一湖平。
残荷跃鹭腾飞白，小艇翻波展示清。
享用流光闲半日，沉吟暮色醉馀情。
水铺长卷须题句，莫使诗人浪得名。

      2014 年 9 月 22 日于四川西昌

## 访安顺场

大渡河仍抱小村，湍流洗尽战时痕。
山能挡路依然秀，雨正遮眸格外昏。
接待三千新旅客，谈论十万旧亡魂。
我来潮退滩头捡，卵石斑斓血迹存。

      2014 年 9 月 23 日于四川西昌

【注】
太平天国翼王石达开全军覆没于此。

## 咏桂花

忽淡忽浓香味佳，深深呼吸急寻花。
身心总觉熏难透，一别经年好想她。

2014 年 9 月 25 日作 9 月 28 日改

## 甲午九日步老杜韵

器狭登高未必宽，水流低处也腾欢。
当今太少真鸿笔，举国尤多假桂冠。
已觉世风充满躁，正需秋气送些寒。
前贤留下忧时句，开卷谁求甚解看？

2014 年 10 月 1 日

## 观月全食现"红月亮"奇观

暗恋地球相伴行，忽藏忽露悄无声。
不知何事羞红脸，冷月原来有表情。

2014 年 10 月 8 日

## 女儿出嫁

满心欢喜带些愁,嫁女时逢金色秋。
廿载归巢常顾盼,一朝展翅不迟留。
人生经历公交站,梦境追寻诺亚舟。
但愿黄杨连理树,根深叶茂浦江头。

2014 年 9 月 3 日初稿　10 月 18 日定稿

## 附:星汉《贺杨梦依黄昕新婚,步乃翁〈女儿出嫁〉韵》

不见晴空一缕愁,天山东望正横秋。
玄黄浩浩昕初满,杨柳依依梦远留。
有始有终长鼓步,无风无雨也同舟。
前程倘遇疑难事,须是青头问白头。

2014 年 9 月 25 日于茫茫楼

## 闲 居

迎送晨曦与夕晖,小区居陋不心违。
远离车马诸尘扰,深陷林花四季围。
筋骨健须常信步,耳根清可暂关机。
一提诗笔难闲住,遣梦群山万壑飞。

2014 年 10 月 24 日

## 登泰州望海楼

江淮第一属斯楼，登览欣逢闰九秋。
舟划波痕追梦去，桥浮云影入诗留。
写成辞赋休贻笑，拍遍栏干可放讴。
堪喜世间多胜境，不容骚客有闲愁。

2014 年 10 月 28 日于泰州

## 游溱湖湿地公园

小舟穿野水，雨点正潺潺。
荷叶留凄美，林禽享散闲。
氧多深吸爽，泥泞疾行艰。
衫帽无干处，人游湿地还。

2014 年 10 月 29 日于泰州

## 甲午闰秋九日戏作

一年两度遇重阳，盛代骚人渐吃香。
心绪入笺双倍厚，手机发信十分忙。
灰燃旧体诗如火，鼎沸新颁奖若汤。
试再登高聊纵目，吟坛多少草头王。

2014 年 10 月 15 日作　11 月 1 日改

## 期盼

期盼崇高降九垓，休教恶搞遍成灾。
作家群写肥臀妇，娱乐圈观小屁孩。
玩转二人皆大腕，演成百丑尽奇才。
近闻文艺添希望，已继延安会议开。

2014 年 11 月 9 日

## 游海南临高角有怀苏轼王佐

初冬骚客聚天涯，一角临高海景佳。
礁石浪来仍啸傲，沙滩风起尚咨嗟。
后人怀古追思德，前哲留诗蕴育芽。
心上驱霾唯汉字，几行吟罢满晴霞。

2014 年 11 月 16 日于海南

## 访儋州东坡书院

中原文脉接南荒，赖有斯翁一苇航。
石不补天仍济世，书因藏院更飘香。
大江豪气开奇抱，明月闲情见慧光。
华夏千秋人杰在，最难劫后也担当。

2014 年 11 月 17 日于海南

## 五指山下作

上有青云下紫烟，椰风送我到山前。
来寻五指深祈祷，何日降魔出重拳。

2014 年 11 月 19 日于海南

## 天涯海角戏作

观光车队正梭行，椰子悬林似目瞪。
海角天涯成闹市，人声压过浪潮声。

2014 年 11 月 19 日于海南

## 海棠湾所见

茫茫大海滚惊雷，阵阵狂涛岸欲摧。
匍匐沙滩藤与草，无声迎候晚潮来。

2014 年 11 月 20 日于海南

## 博鳌亚洲论坛永久会址留影戏作

小村曾有巨头来，等级最高峰会开。
我上论坛留一影，辩才雄否让人猜。

2014 年 11 月 21 日于海南

## 题"海上森林"

茫茫一片绿森林，海水之中可扎根。
草木犹能存逆境，诗人莫失岁寒心。

2014 年 11 月 22 日于海南

## 谒海口五公祠

谁料生前互未逢，后能来聚此祠中。
人无气骨难千古，世少簪缨似五公。
金粟泉留高士影，绿椰林带直臣风。
地偏翻是琼州幸，胜迹长存道不穷。

2014 年 11 月 22 日于海南

## 游海南岛火山口

凝固岩浆散去烟，火山回首八千年。
有情难忍曾倾吐，失意何堪且醉眠。
石上焦痕今遍地，洞中元气昔摩天。
诗人也忆青春季，心热如魔卌载前。

2014 年 11 月 23 日于海南

## 戏咏老骨头

老来常骨痛，有刺渐增生。
足底钉难拔，腰间柱似倾。
偶将孤杖倚，浑欲四肢行。
转颈殊非易，闻声只转睛。

2014 年 11 月 28 日

## 翁媪

渐老垂垂暮气昏，依依胜侣两温存。
凝眸又叙花朝事，对榻频开月夜樽。
百岁人生皆有数，满天星转各无痕。
红尘客似圆飘泊，相切相交要感恩。

2014 年 11 月 30 日作 12 月 2 日改

## 游吴江圆通寺

入寺留连大殿旁，两株银杏立斜阳。
金身千座能重塑，难造霜枝一寸长。

2014 年 12 月 5 日于吴江

## 游震泽古镇

宝塔街连禹迹桥，粉墙烟树荻塘潮。
收看十里江南景，只要船娘一橹摇。

2014 年 12 月 6 日于吴江

## 登燕子矶

乱石危矶势郁峨，登高顿觉激情多。
诗人心上奔腾水，不是长江即大河。

2014 年 12 月 8 日于南京

## 访美龄宫

跨三世纪自殊伦，叱咤风云一妇人。
到此屋中随处读，金陵故事梦中春。

2014 年 12 月 8 日于南京

## 游采石矶

谪仙留骨大江心,捉月当年此处沉。
风带豪情传汉韵,水沾灵气吐唐音。
好诗君在他乡得,奇抱吾从异代寻。
采片然犀亭下石,归家清供伴清吟。

2014 年 12 月 9 日于安徽马鞍山

## 吊李白墓

列屏山势护陵田,遥送青青万缕烟。
石像举杯携一剑,草根围墓守千年。
身因捞月沉于底,笔却登峰上到巅。
吾辈鞠躬还洒泪,感恩尘世有诗仙。

2014 年 12 月 9 日于安徽马鞍山

## 题南京大屠杀死难同胞纪念馆

穿越华灯璀璨红,重温遭劫旧腥风。
经多年后仍含怒,立此墙前总动容。
血迹已消烟景里,兽行长载史书中。
同胞死难三千万,泪尽安魂曲未终。

2014 年 12 月 13 日

## 赴昆明飞机上作

大鹏张翼入云浮,泛若汪洋不系舟。
早有庄生许多梦,逍遥都在此间游。

2014 年 12 月 15 日

## 访翁丁原始部落群四首(选二)

### (一)

民风原始隔尘球,神秘群居小竹楼。
壑作港湾云作浪,古村停泊一方舟。

### (二)

深山深处近边陲,村落真同世久违。
只有白云常进出,捎些细雨洒柴扉。

2014 年 12 月 17 日于云南临沧

## 游云南沧源

采风经过永和关,阿佤纷呈起伏山。
岭卧蓝天白云下,车穿红瓦翠林间。
新歌长唱人难老,古俗仍存寨自闲。
我敞胸襟村落里,带些原始雾岚还。

2014 年 12 月 17 日于云南临沧

【注】

《阿佤人民唱新歌》是几十年前传唱极广的歌曲。永和口岸在中缅边境。翁丁原始部落,翁丁为佤语,意为云雾缭绕的地方。

## 遮哈村芒团组观看傣家女造纸

素心铺展向阳开,万缕千丝巧手裁。
喜见张张清白纸,都从上善水中来。

2014 年 12 月 17 日于云南临沧

## 向明中学同班同学清风人家茶馆聚会赋三绝句

### (一)

晨行兴奋颇难当,左右频频顾盼忙。
一路老头和老太,看来都像旧同窗。

(二)

围坐重温同桌情,满堂华发不须惊。
桩桩五十年前事,激活青春笑语声。

(三)

毕业当年照未留,一场风雨记恩仇。
重来合影人犹健,只是青丝变白头。

2014 年 12 月 27 日

## 参加追悼会

无奈同来此悼亡,也知人逝最堪伤。
一生拼搏身心倦,几个传留姓字长。
哀乐声声添痛楚,鲜花朵朵剩凄凉。
热衷荣宦贪争客,宜借灵堂作课堂。

2015 年 1 月 21 日凌晨

## 乙未春节遣兴

残岁辞行一溜烟,横财倒福又开年。
我思低速他提速,羊入新联马失联。
鞭炮兴高难默默,雪花意冷也翩翩。
凡夫自有非凡侣,李谪仙诗伴水仙。

2015 年 1 月 26 日

## 冬夜

雪花飞缀树成梅,风向轩窗阵阵推。
谢却酒朋诗侣约,邀来烛影茗香陪。
心非独处难清悟,春已将临莫急催。
多少纡金拖紫客,未能其乐及颜回。

2015 年 1 月 29 日

## 立春琐记

岁残寒气尚凌人,兀自今朝说立春。
徒挂虚名无蓓蕾,未除公害有霾尘。
诗难脱俗仍嗟老,梦不求同总创新。
又遇一年之计日,正煎茶粥养闲身。

2015 年 2 月 4 日立春

## 拂晓前醒来见明月临窗，摄影并题

梦回恰见晓星残，枕畔清辉水一滩。
明月穿空行万里，未忘朝我小窗看。

2015 年 2 月 6 日凌晨六时

## 新春书感

年来依法治煌煌，日日荧屏报道忙。
大吏贪多终落马，小民穷极欲牵羊。
言虽可吐仍难畅，手若还伸又易长。
我愧新春无吉语，咒他蝇虎死光光。

2015 年 2 月 18 日作　2 月 22 日改

## 独　坐

小楼趺坐度嘉辰，独享疏闲翘待春。
歌偶听红追忆旧，茶常沏绿品尝新。
横陈枕畔书争席，鸣跃窗前鸟卜邻。
日日荧屏看世界，始知身是太平民。

2015 年 2 月 27 日作　3 月 1 日凌晨二时改

## 小区漫步

移居花苑廿年多，常向庭园踏绿莎。
鸟有友声枝上立，犬无敌意径边过。
春风见证诗成癖，落日垂怜鬓转皤。
却被四邻翁媪羡，老来身板尚婆娑。

2015 年 3 月 12 日

## 杂 兴

草根从未觉蹉跎，日脚何妨简淡过。
有趣书须耽久久，无聊人莫识多多。
摩登都市全身隐，狼藉诗笺几句磨。
自信虽非主旋律，流传定不逊莺歌。

2015 年 3 月 13 日作 3 月 16 日改

## 听春雨戏作

一夜潺潺未肯停，春波急涨与桥平。
如今好雨知时态，润物那甘不作声？

2015 年 3 月 18 日

## 见岳飞"还我河山"题字有感

河山那可称还我，社稷从来只属君。
众欲偷安围绮宴，谁思雪耻建奇勋。
名场不以忠奸计，能量先须正负分。
触忌至今犹后怕，王师敢号岳家军。

2015 年 3 月 20 日

## 见小学毕业证书有感

儿时小课堂，情景总难忘。
逾矩师常训，贪顽学未荒。
醒来游子梦，老却少年郎。
岁月经沉淀，空留一纸黄。

2015 年 3 月 27 日

## 乙未春日谒中山陵

登阶步步上云端，春雨春风送峭寒。
夹道雪松伸手抚，刻碑金字仰头看。
陵呈峻伟魂何在？天到清明泪不干。
一路导游编演义，都供远客助加餐。

2015 年 4 月 7 日于南京

## 登阅江楼

透过雕花四面窗,逐层登蹑阅长江。
穿城车堵逾千万,架岸桥雄恰两双。
紫气升腾化霾雾,青山围建起高庞。
诗人未解时人乐,忧思茫茫正满腔。

2015 年 4 月 8 日于南京

## 登茅山

巨像紫铜逾百吨,仰观俯察入玄门。
飞升台引纷纷羡,灵验签求细细论。
香火有谁祈道德,神仙原本住山村。
我来分享农家乐,几块咸鹅酒一樽。

2015 年 4 月 9 日于江苏句容

## 重访淡水新村

走近徒增心压力,弄堂廿载又重来。
屋檐衣裤谁家晾,庭院水杉何日栽?
窗对芳邻忆红袖,径留幽梦满青苔。
曾经四十年居此,旧主人归被燕猜。

2015 年 4 月 17 日

## 为温哥华诗社七周年暨华人老年协会十周年吟句遥寄

步入新时代，心牵是古诗。
天涯相隔远，笔底共凝痴。
汉字频排列，唐音未转移。
异邦明月梦，吟与故乡知。

2015 年 5 月 3 日

## 吴江新居步放翁诗韵

三十三层作住家，阳台恰对日西斜。
常迷星斗还迷月，只近云雕不近蛙。
吴越音吟长短句，江湖水养浅深花。
以诗相约天涯友，到我新居吃好茶。

2015 年 5 月 6 日

## 出席全球汉诗总会成立二十五周年汕头会议作

初夏登云降汕头，沙鸥翔集自全球。
倾心探索三千界，回首经营廿五秋。
汉字写来仍大美，唐音吐出更温柔。
箪瓢不改诗人乐，当代贤哉是我俦。

2015 年 5 月 8 日于广东汕头

## 南澳岛谒陆秀夫墓

乱草丛中嵌墓茔，残碑断石刻英名。
承平盛世官场上，如此忠贞不再生。

2015 年 5 月 10 日于广东汕头

## 题文光塔

夜访潮阳古县城，繁华灯影伴车声。
可怜千载文光塔，一片星空独自撑。

2015 年 5 月 11 日于广东潮阳

## 谒潮州韩文公祠

早读文章敬慕名，登阶步步踏无声。
风来千树祠前诵，云向三江岭上横。
解惑师成雕像立，不平人以刺诗鸣。
好官何事都遭贬，难使沧浪浊变清。

2015 年 5 月 13 日于广东潮州

## 悼念潘朝曦兄三绝句

### （一）

议世谈诗交至深，沾巾未敢信凶音。
不如意事遭逢惯，遽失吾兄太堵心。

### （二）

我母染疴君上门，良方几帖病除根。
至今犹听高堂赞，这个医生佛一尊。

### （三）

妙手仁心出诊忙，好人无寿怨阎王。
世间多少求医客，犹盼他来写药方。

2015 年 5 月 23 日于赴京高铁车上

## 登慕田裕长城书怀

翠岭镶边似爪鳞，巨龙遒美卧清氛。
燧烽已历三千载，戈铠曾亡百万军。
昔向城头垒战骨，今于海上列征云。
平民只盼无兵燹，奇迹工程不再闻。

2015 年 5 月 24 日于北京　5 月 27 日晨改于北京香格里拉饭店

## 题见峰小院

田家鸡黍有人邀，车驶京城向北郊。
一道砖墙能隔世，几丛花树正当朝。
谈诗互答闻灵鹊，把酒同酣助健毫。
小院风情休小觑，最宜晨夕共推敲。

2015 年 5 月 24 日于北京顺义

## 戒烟日作

寰球今日说无烟，我戒吞云廿一年。
曾是知名瘾君子，终成寡欲活神仙。
文明不落他人后，康健须行此步先。
只盼雾霾都灭尽，悠悠共享碧罗天。

2015 年 5 月 31 日

【注】
吸了二十五年烟，1994 年 6 月 1 日起戒烟，嗣后一支未抽。

## 友人三年祭

浅笑微颦分外娇，蓦然回首隔重霄。
过三年整心仍痛，结一生缘梦已遥。
独坐有怀难以诉，相思不见只能熬。
几张旧照端详久，忍受悲情席卷潮。

2015 年 6 月 5 日

## 入梅大雨戏作

忽闻惊马共长嘶，点点檐声响鼓鼙。
紧急风来拍窗狠，阴沉云起压楼低。
心情不湿黄霉雨，胃口犹开白斩鸡。
闭户援毫先小酌，世人忙碌我闲题。

2015 年 6 月 15 日

## 中东呼吸综合征日趋严重

怪病之根已莫名，世间无计对危情。
群魔使坏悄悄至，二竖翻新屡屡生。
最怕孽由人自作，皆知贪与祸同行。
有馀不足谁监管，疑是天公正遣兵。

2015 年 6 月 17 日

## 乙未端午

浴兰熏艾过端阳，诵罢《离骚》昼转长。
米粽新丝仍五色，榴花旧径独三觞。
醉多醒少簪缨族，浊易清难翰墨场。
总有鲍鱼之肆客，啖腥还道是偷香。

2015 年 6 月 18 日

【注】

《儿女英雄传》第二十七回："世上偏有等不争气、没出豁的男子，越是遇见这等贤内助，他越不安本分，一味的啖腥逐臭，还道是窃玉偷香。"

## 宿天目山谷雨潭

小住农家院，清氛四面环。
泉喧梅雨后，月挂竹烟间。
沏茗通三昧，焚香透百关。
诗人舒啸久，得句自高闲。

2015 年 6 月 20 日于浙江临安天目山

## 题鹳雀楼

极目沉酣落日情，拍栏酬答大河声。
千秋气象奇难改，一寸心泉沸欲倾。
崇构有谁赓绝唱，壮怀何处请长缨？
层楼更待群贤上，莫让骚人独擅名。

2015 年 6 月 25 日

## 悼念谢春江兄赋三绝句

### （一）

重温往事梦悠悠，海上初逢十二秋。
话不须多凭韵味，几行诗句即相投。

### （二）

共对荧屏苦忆君，清音版面罩愁云。
从今冷不丁幽默，诗友遍寻何处闻？

### （三）

知君不喜说伤悲，总有诙谐笑语随。
今夜诵吟思旧赋，我虽强忍泪仍垂。

2015 年 6 月 28 日

## 访尼山

徘徊沂水断流边,先哲曾临叹逝川。
儒雅白云来众友,龙钟翠柏列群贤。
尼山犹润星光在,圣庙虽荒道义传。
穿越两千年足迹,学诗小子拜庭前。

2015 年 7 月 3 日于山东曲阜

## 谒太昊陵

景灵宫址拜炎黄,未见陵前一炷香。
几个顽童爬上墓,千年古柏护持墙。
池塘倒映雕梁破,村落直穿神道长。
无字巨碑云际耸,俯看华夏子孙忙。

2015 年 7 月 3 日于山东曲阜

## 谒曲阜周公庙

鲁国故城碑断裂,周公旧庙草纷披。
导游指点残留殿,讲述"批林批孔"时。

2015 年 7 月 3 日于山东曲阜

## 访陋巷故址

已无陋巷迹残存，古柏青青仰圣门。
车马何妨游客少，箪瓢宜被后人尊。
如今奢靡成风气，自古高贤在草根。
我亦追求颜子乐，此中真意与谁论？

2015 年 7 月 4 日于山东曲阜

## 谒邹城孟母林

翠柏林藏白石林，来寻孟母墓碑深。
高风瑟瑟吹枝叶，犹响当年裂帛音。

2015 年 7 月 5 日于山东邹城

## 游明鲁王陵戏作

薨年十九小亲王。行径荒唐谥号"荒"。
熬到本朝交好运，陵园扩建享桃长。

2015 年 7 月 5 日于山东邹城

【注】

为这样荒唐的小荒王大兴土木修建陵园，岂不荒唐更甚！老祖宗太昊陵、大贤者颜子庙都破破烂烂不修，却去修一个十九岁连他父亲朱元璋都斥之为"荒"的小青年的陵墓！

## 戏咏股市

嗜赌心常跳出怀，悬崖蹦极一哄来。
涨时昏热红肥脖，跌处阴沉绿瘦腮。
漏勺共争舀满水，真金也会炼成埃。
散民都被施魔法，增了贪婪减了财。

2015 年 7 月 9 日凌晨四时作 7 月 11 日改

## 夜步遣怀

放步中宵后，茕然绕小庭。
云闲遮半月，池静吐千星。
虫迹贪难敛，禽言闹暂停。
独醒吾厌酒，已惯挈茶瓶。

2015 年 7 月 24 日作 7 月 28 日晨三时改

## 祝贺中华诗词学会第四次代表大会在京召开步马凯诗韵

比翼齐飞未怨迟，体新体旧共春枝。
京华又见雄才聚，世纪终须健笔驰。
久处低潮仍有梦，频遭疾雨总留诗。
不宜提倡今提倡，盼到骚人畅饮时。

2015 年 7 月 29 日

## 游南汇嘴

聚焦鸥影纵眸看,白浪黄沙碧草滩。
我羡一张南汇嘴,海天吞纳作三餐。

2015 年 7 月 31 日

## 题中国航海博物馆

扬帆挂席白云中,楼馆雄奇耸碧空。
千载行舟今结集,八方航迹此交融。
向洋窗口观星月,临港街心沐海风。
忽觉地球真小小,七洲只与一村同。

2015 年 7 月 31 日作 8 月 2 日改

## 暑伏戏作

蝉声不歇咒高温,哄笑衰翁忍气吞。
碗茗解劳添汗水,棒冰传冷到牙根。
夜间无寐亲风扇,午后难熬泡澡盆。
追忆学童时代乐,几回消暑雨中奔。

2015 年 8 月 3 日

## 生日戏作

喜见诗龄岁岁添，骄阳八月又炎炎。
古稀临近两年后，小酌微麻十指尖。
总有清风随我用，未曾明月惹她嫌。
今宵煮面煎排骨，快乐人生约续签。

2015 年 8 月 4 日

## 读柳永词（四首）

### （一）

晓风残月醉心脾，好句千年诵即痴。
落拓词家都记得，当时卿相几人知？

### （二）

几行汉字短长排，句句神奇魅力埋。
只想沉吟伴伊坐，风情千种叙幽怀。

### （三）

乐工歌伎共新声，恨别悲秋写艳情。
低唱未曾真奉旨，浅斟原不为浮名。

## （四）

井水勾栏随处村，柳词能唱遍蓬门。
白衣何必称卿相，可敬头衔是草根。

2015 年 8 月 5 日

## 剑

龙泉壁间挂，重购出山中。
匣里清泠水，铓尖凛冽风。
挥毫诗胆壮，溅血梦魂雄。
只怕终无用，徒来伴阿翁。

2015 年 8 月 8 日

## 草原骑马

草原科尔沁如诗，四野穹庐一梦驰。
马背得来奔放句，行行动感有奇姿。

2015 年 8 月 16 日作于内蒙古通辽

## 草原远眺

白云低处绿丘高，骏马雄鹰气自豪。
我觉夕阳粘得住，蓝天满是透明胶。

2015 年 8 月 16 日作于内蒙古通辽

## 出席中华诗词学会第四次全国会员代表大会

笔聚京华数百支，吟坛济济复痴痴。
学诗又到兴观后，变俗还求美刺时。
谬种流传终未断，青年提倡已相宜。
笑看台上高官坐，争为繁荣致贺词。

2015 年 8 月 20 日于北京

## 立元将军设宴与诸友小酌，原韵奉和

赴宴京华气自雄，兴遒旋让酒瓶空。
琼浆豪饮聊倾瀑，健笔徐行也带风。
寄我情深千里句，管他人老几声钟。
结交胜友虽三二，都有灵犀一点通。

2015 年 8 月 22 日作于北京 8 月 24 日改于北戴河

## 倚云诗友嘱题陈少梅画

纤纤十指动湖心，袅袅箫韶入梦吟。
九孔凄清崖泻瀑，一船幽怨鸟穿林。
眼前人影原非画，纸上风声已满襟。
欲蘸柔波润诗笔，写来随处有馀音。

2015 年 8 月 23 日于北戴河

## 中国作协北戴河创作之家休假，戏作一律

敲敲平仄竟成家，忝列文人气也华。
休假许来河北戴，用餐偏食饼南瓜。
姓名入耳雷声贯，书籍收箱石块加。
十日不知谁创作，我惭未有锦添花。

2015 年 8 月 24 日于北戴河中国作协创作之家

## 北戴河鹰角亭

驾风驰梦透云层，天外无形手握绳。
摇出地球潮涨落，牵来海面日升腾。
渔船入句今犹在，碣石留篇古已能。
谁把人间频换了，小亭一角问神鹰。

2015 年 8 月 24 日于北戴河

## 游山海关

重镇雄边说到今，引天下客共登临。
已消兵燹残存迹，不绝商家叫卖音。
第一依然悬巨匾，大千随处散疏襟。
人心更有关须守，莫让尘嚣任意侵。

2015 年 8 月 26 日于秦皇岛

## 秦皇岛乘游船戏作

两千游客共条船，渤海湾中划个圆。
拍份照儿难免费，借张椅子也收钱。
景由慷慨天公送，点被精明地主圈。
九域风光皆类此，内需拉动一年年。

2015 年 8 月 27 日于秦皇岛

## 老 来

老来回首自寻思，随俗随缘两有之。
世事化繁为简后，人生举重若轻时。
听风听雨皆添乐，看月看花未减痴。
做个飘零杯酒客，也留敏捷几行诗。

2015 年 9 月 15 日

## 南戴河中华荷园口占一绝题于所摄残荷照片上

瘦红迎日映寒塘,挺拔枝斜叶半黄。
我与秋荷相致意,但能坚守老何妨!

2015 年 9 月 21 日于秦皇岛南戴河

## 见大雁排列人字形横空而过

金风渐减远山青,一字飞来目最醒。
撇捺雁行天上写,世间团队少人形。

2015 年 9 月 22 日于秦皇岛南戴河

## 老三届戏作

峥嵘岁月学工农,自以为成一代雄。
社会与时俱进后,老三不及小三红。

2015 年 9 月 25 日

## 乙未中秋宿苏州三绝句（选二）

### （一）

金秋夜宿太湖东，思古幽怀自不同。
此地清辉资格老，曾扶西子入吴宫。

### （二）

姑苏城外动幽思，明月无言映砚池。
唐宋何曾都写尽，拍栏还有许多诗。

2015 年 9 月 27 日于苏州山塘街长城饭店

## 游虎丘

幽岩藏壑气萧森，雨湿台阶碧藓侵。
致爽千年云润肺，倾斜三度塔惊心。
今诗适俗无佳韵，古木逢秋有好音。
最喜名山留胜迹，能同胜友共登临。

2015 年 9 月 29 日于苏州

## 秋兴

萧斋昼梦忽然醒,雨后西窗爽气生。
久对秋风知骨瘦,时翻古籍觉神清。
红茶沏入残阳色,白发搔来落木声。
骚客尽情吟百感,动人终不及虫鸣。

2015 年 10 月 8 日于赴汕头动车上

## 汕头宿海逸大酒店观海

海上人来宿海边,波平一镜接窗前。
船轻不用风加力,云淡能教雨化烟。
造化心潮同涨落,浮生胸境与毗连。
今宵以枕为堤坝,一梦何妨浪拍天。

2015 年 10 月 10 日于汕头海逸汇景酒店

## 参观汕头侨批文物馆赋三绝

### (一)

离潮别汕赴南洋,创业人生血泪场。
遥寄银元和祝福,鱼书不敢诉悲凉。

## （二）

一纸传书又汇银，曾沾万里异乡尘。
双亲膝下称呼在，字字教人泪湿巾。

## （三）

梦中呼子又呼妻，笔墨当年和泪题。
似读好诗情易动，感人心肺有侨批。

2015 年 10 月 10 日于汕头

## 游汕头铁林禅寺呈海慧上人

仰瞻崇殿近云根，登陟丛林日色昏。
一寺香烟留石径，万家灯火对山门。
人来此地多求利，世到何时共感恩。
可惜高僧邀素食，匆匆未及与深论。

2015 年 10 月 11 日于汕头

## 贺武健华将军九十寿诞

一从天苑谪尘寰,回望风云气若山。
重任担时曾镇定,大功立后已清闲。
凭栏儒将心难老,掩涕诗人鬓易斑。
经历传奇今九秩,姓名青史不容删。

2015 年 10 月 15 日

【注】
"独自莫凭栏,无限江山。""怒发冲冠,凭栏处、潇潇雨歇。""长叹息以掩涕兮,哀民生之多艰。"

## 游苏州山塘街赋四绝句(选二)

### (一)

古镇宜游烟雨中,朦胧老店挂灯红。
我撑花伞穿街过,仍湿明清两袖风。

### (二)

檐滴声中韵味长,晚餐从简不须忙。
葱油面拌姑苏雨,写得诗笺带暗香。

2015 年 10 月 29 日于苏州

## 访黄仲则故居

新厦群中觅故居，沿途询叩绕交衢。
院虽四合尘仍满，诗却千秋梦不虚。
昨夜星辰君落拓，今朝风露我抠趋。
市桥倦客哪宜立，滚滚雷声走万车。

2015年11月11日于常州

【注】
　　故居在常州市中心延陵西路北侧马山埠临街至神仙观弄，为一封闭式四合院，西厢房即其书斋"两当轩"。"似此星辰非昨夜，为谁风露立中宵""悄立市桥人不识，一星如月看多时"均为黄仲则诗句。

## 游东坡公园

几回寻足迹，今日到常州。
亭内听飞雨，桥边忆舣舟。
大江追梦去，明月入诗留。
长揖呼坡老，清茶酹一瓯。

2015年11月12日于常州

## 登狼山

登山百步入云霄，极目长江气自豪。
水影为天开一鉴，霞光向树挂千旄。
小诗意象凭提取，大块图形任扫描。
总羡最佳烟景地，都能建寺避尘嚣。

2015 年 11 月 14 日于南通

## 访三峡人家

又乘巴士又乘船，探访人家三峡边。
吮雨山容多妩媚，吻云江面更缠绵。
胸间蓄浪增添阔，笔底生风保有鲜。
诗友一群来小聚，欲迁奇景入新篇。

2015 年 11 月 17 日于宜昌

## 游长江三峡

高峡抒怀奇语多，我将新句掷洪波。
诗人写出行行字，要让长江再打磨。

2015 年 11 月 18 日于宜昌

## 游龙进溪

沿溪皆画境，一路伴龙吟。
船过红衣亮，歌穿翠谷深。
吸岚除俗念，饮瀑润诗心。
三峡人家宿，长消闹市音。

2015 年 11 月 19 日于宜昌

## 游灯影峡

片刻登山顶，缆车传送忙。
一湾江似月，两岸岭如墙。
巨石呈皮影，巴王剩殿堂。
景奇诗笔拙，激赏叹声长。

2015 年 11 月 19 日于宜昌

## 参观石牌抗日纪念馆

碉堡机枪守国门，青天白日此留痕。
像悬墙上硝烟在，人葬江边气骨存。
浓雾每遮真面目，残阳长照小山村。
无言我醉西陵峡，老泪新茶代酒樽。

2015 年 11 月 19 日于宜昌

## 游三峡

悠扬汽笛响云头,游艇凭栏纵远眸。
两岸悬崖如肋骨,一条动脉是江流。
淘沙可觅孙曹戟,飞梦难追李杜舟。
安得诗人胸境内,也能天地共沉浮?

2015 年 11 月 19 日于宜昌　11 月 20 日改于苏州吴江

## 访徐志摩故居

残梦重温四月天,砖墙都被爱催眠。
风寻小札轩窗下,云忆康桥衣袖边。
率性诗人谁可及,英年情种自堪怜。
为留佳句兼佳话,来去匆匆不偶然。

2015 年 12 月 6 日于海宁

## 访王国维故居

犬吠声中绕粉墙,小村深处旧庐藏。
书堆净几传心迹,室贮清风带墨香。
学问已臻三境界,身躯竟托一池塘。
沉思石像门前坐,可为轻生悔恨长?

2015 年 12 月 7 日于海宁

## 听阿炳二胡曲

摩擦丝弦妙曲成,指间流出二泉声。
心虽一寸能飞瀑,梦可千回共扎营。
忆我家乡湖石醉,听他天籁鬼神惊。
通谙圣殿门和路,别有双眸映月明。

2015 年 12 月 18 日

## 动车过无锡忆石塘老宅

小村依傍太湖滨,燕雀时传隔叶音。
墙壁又添新褶皱,烟囱不吐旧光阴。
飘浮背影空凝眼,追忆鼾声也动心。
我恋童年简单梦,父牵儿手入桃林。

2015 年 12 月 25 日于乘动车赴重庆途中

## 瞻仰大足石刻(三首)

### (一)

清凉佛国降人间,结集祥云满一山。
但愿人人生感悟,共从菩萨脚边还。

## (二)

殿前惊叹刻工精，重塑金身耀眼明。
大士慈悲不嫌累，竟伸千手助苍生。

## (三)

栩栩疑非斧凿功，一丘一壑大千同。
来看佛面生欢喜，做个精神富足翁。

2015 年 12 月 27 日于重庆大足

### 赞龙华寺新铸大钟

齐来古刹大钟敲，宋韵唐音未觉遥。
信众心声传一脉，赤乌年响到今宵。

2015 年 12 月 31 日

### 元旦步照诚上人韵

钟声响自赤乌前，塔耸星移斗转天。
圆梦虔诚敲击杵，满心欢喜绽开莲。
人成佛要时时悟，诗与经能代代传。
禅院小池添活水，蘸来新岁赋新篇。

2016 年 1 月 1 日

## 题远帆楼

千楼耸都市,似挂远帆多。
星月添清兴,风云助浩歌。
聚来茶共品,吟罢墨新磨。
海上留航迹,诗行涌翠波。

2016 年 1 月 9 日

## 题山水长卷

山深人迹杳,林密水声多。
缓缓开长卷,能闻隐士歌。

2016 年 1 月 16 日

## 雪后赴吴江

拂晨离闹市,越野意匆匆。
车急穿行白,梅忙蕴育红。
太湖寒不语,小径滑难通。
自信持风骨,能迎刺骨风。

2016 年 2 月 1 日

# 丙申猴年立春戏作咏猴三绝句

### （一）身居要职之猴

干支轮值例行排，正果修成已学乖。
未必神猴肯挥棒，澄清人世雾和霾。

### （二）官二代官三代之猴

出自名门位不低，爷爷大圣与天齐。
沐猴都有流氓胆，何惧人间杀个鸡。

### （三）山野平民之猴

兽类迎春恨未休，只因人类太贪求。
乱侵丰草长林地，却在家家贴个猴。

2016 年 2 月 4 日

# 丙申立春后一日外孙女诞生口占一绝

世间春意正萌萌，三代接班人降生。
我近古稀添一乐，要听她唤外公声。

2016 年 2 月 5 日

## 元夕游园

耳畔摩肩接踵音,眼前飞彩又流金。
已无灯火阑珊处,不必伊人费力寻。

2016 年 2 月 11 日

## 春日杂兴二律

### (一)

久未新篇脱口吟,小斋慵懒又春临。
燕莺都在窗前笑,风月仍来鬓角侵。
诗不如花难有色,笔虽似笛却无音。
闲居饱食常终日,瀹茗功夫尚用心。

### (二)

好花常谢又常新,闭户浑如局外人。
独对诗笺泥伏久,重寻梦境浪游频。
鸟声都合清平调,蝶影难持淡定身。
且让丛中她去笑,我无佳句可争春。

2016 年 3 月 4 日

# 悼念田遨老四绝句

## （一）

谈诗问道几回来，红雨轩中最快哉。
再访先生须入梦，打车无路到泉台。

【注】
与田老谈诗一两个小时。田老对我说：与逸明谈诗非常开心。

## （二）

思惟敏捷步蹒跚，满面红光作健谈。
谈久依然难尽兴，当场走笔墨犹酣。

## （三）

追思痛彻我心头，似水时光不倒流。
陋巷已空贤士去，小诗难载许多愁。

## （四）

不见诗翁坐桌边，春风惆怅绕窗前。
诗文几卷长留下，化作泉城又一泉。

2016年3月6日

## 恭王府海棠雅集

恭王府邸自堂皇，毕至群贤赏海棠。
垂下谦谦学君子，倚来袅袅胜娇娘。
沾红雨处情皆湿，驾绿风时梦最长。
今日为花题好句，他年花定不相忘。

2016 年 3 月 20 日零时十五分于赴丽水火车上初稿

## 游丽水九龙湿地

梳洗淡浓妆，春风二月忙。
山林有姿色，野水焕容光。
笑载廊桥里，神飞鸥鹭旁。
襟怀成湿地，烟雨润诗肠。

2016 年 3 月 20 日于浙江丽水

## 游古堰画乡

千年功德在，美景不胜收。
溪可叠层过，江能分道流。
遮村樟挺秀，夹径竹通幽。
堪喜烟光里，前贤塑像留。

2016 年 3 月 20 日于浙江丽水

## 游龙泉下樟村

四望山村里，合围罗画屏。
泉飞如剑白，岩耸似瓷青。
朝气贪婪吸，春声仔细听。
农家具鸡黍，客共暮云停。

2016 年 3 月 21 日于浙江龙泉

## 题龙泉青瓷小镇

青青釉色沁心脾，造化功夫最称奇。
整套龙泉山与水，是他烧出一炉瓷。

2016 年 3 月 21 日于浙江龙泉

## 咏云和梯田

飘忽白云中，梯田气势雄。
水盛高下屉，坡挽短长弓。
排键闻仙乐，层阶上昊穹。
诗人句奇巧，也欲夺天工。

2016 年 3 月 22 日于浙江云和

## 游云和湖仙宫景区

车入深山里，桃源路可通。
栖云多木屋，浮水有瑶宫。
小憩流光慢，长吟俗念空。
人从桥上走，两袖满仙风。

2016 年 3 月 22 日于浙江云和

## 疫苗

童子新伤叠旧伤，欲防人祸不胜防。
疫苗竟引烧身火，奶粉翻成夺命汤。
图利太多心墨黑，歌功总有口雌黄。
居危百姓香三炷，只为思安祷上苍。

2016 年 3 月 27 日

## 韩国义城金氏五土斋探访有感（限韵）

金秋增色景殊佳，来访闻韶五土斋。
达士高贤钦气骨，名山胜水畅襟怀。
世称恩泽长留宅，人敬宗师久立阶。
义理精神传播后，育成林树一排排。

2016 年 3 月 30 日

## 清明祭扫

阴阳今夕隔层烟,已逝亲朋又擦肩。
雨正丝丝传唔语,风犹习习拨离弦。
沟通信息方回顾,寻觅行踪却失联。
烧罢纸钱心未足,火盆投入几吟笺。

2016 年 4 月 5 日

## 迎春戏笔

看雨看风兴未浓,老来遭际已从容。
连年房价爬山虎,到处园林变色龙。
鬓角不须先化雪,心头自有后凋松。
几行诗草方吟就,也似新苔长翠茸。

2016 年 4 月 12 日

【注】
唐姚合诗:"嫩叶抽赪蕊,新苔长翠茸。"

## 与诗友游趵突泉公园

扑面春风共展眉，行吟历下友声随。
清波牵引蛮腰柳，白石跻升御笔碑。
地有纯情泉自涌，人无杰句史难垂。
园墙外遍繁华景，骚客都忘更一窥。

2016 年 4 月 16 日于济南

## 济南凭吊张养浩墓

榆钱杨絮吊黄昏，我酹茶当酒一樽。
风向墓前同致意，雨来碑上欲招魂。
当年怀古人何在？此曲伤心句尚存。
只有先生知百姓，兴亡皆苦诉无门。

2016 年 4 月 16 日于济南

## 游华阳宫

数间陈旧殿堂开，李白遗踪枉费猜。
元代宫墙尘剥画，宋时庭院雨留苔。
景添诗句成名胜，人少仙风是俗材。
古柏几株能入定，千年仍送翠阴来。

2016 年 4 月 17 日于济南 4 月 21 日北京赴昆明火车上改

## 千佛山一览亭与诗友饮茶

小亭登上翠成围,拍遍栏杆向落晖。
城郭灯光供一览,鹊华山色欲双飞。
诗于老友谈时得,梦自新茶品后归。
襟抱顿开还顿悟,已迎千佛入心扉。

2016 年 4 月 17 日于济南
4 月 21 日北京赴昆明火车上经过武昌时改

## 游云南石林

万峰迷你眼前陈,绕柱穿林殊可亲。
人走一回同赏石,石经亿载始逢人。
久蹲小立都无语,浅刻深雕各有神。
大地屡遭风化后,百姿千态更天真。

2016 年 4 月 24 日于昆明

## 题安海龙山寺

香烟缭绕访禅林,石柱龙传鼓磬音。
菩萨通身皆手眼,始能看透世人心。

2016 年 4 月 26 日于晋江

## 逛晋江五店老街

五店长街景象新，红砖黄瓦又逢春。
几回疑见雕窗下，走出当年旧主人。

2016 年 4 月 26 日于晋江

## 访草庵

万石梅峰一草庵，斜阳残月映灯龛。
碗存堪鉴光仍净，树倒难扶态亦憨。
我向高僧联下立，谁来明教佛前参。
摩崖苔满题词处，长有清风送翠岚。

2016 年 4 月 26 日于晋江

【注】
晋江草庵始建于宋代，初为草筑，元代改为石构建筑。20 世纪 80 年代曾发掘出宋代明教会的瓷碗。为全国仅存的摩尼石雕遗迹。弘一法师曾多次来此，题字写联，今尚存。

## 侯孝琼教授八十寿诞戏赋七律一首遥贺

欣闻介寿汉江滨，教授今逢八十春。
立讲台前仍飒爽，提诗笔后更精神。
满腔心血栽桃李，两袖风霜积粉尘。
才富情多长不老，可终身制作佳人。

2016 年 4 月 28 日

## 过母亲节

陪着高龄母，今天不写诗。
一同看相本，讲我幼年时。

2016 年 5 月 8 日

## 春 行

自然心事有谁知？一路春行细听时。
录得山泉山鸟语，转来由我译成诗。

2016 年 5 月 11 日

## 题鼎湖峰黄帝祠宇

见田成海海成田，屹立湖中一亿年。
洞似新巢曾淬火，峰如巨拇正朝天。
鱼群争饵微波里，人类寻根大殿前。
来祭轩辕五千岁，高香袅袅起祥烟。

2016 年 5 月 23 日于浙江丽水缙云

## 访大木山茶园

单车穿岭绕湖行，丛树披怀攘臂迎。
风带溪云传播爽，泉留茶碗保持清。
遥看秀野添吟想，小憩长廊悟摄生。
能致柔皆负离子，身如造化抱中婴。

2016 年 5 月 24 日于浙江丽水松阳

## 题广隆剑阁

星光凝紫月光青，铸剑成林满展厅。
只怕束之高阁上，无风无雨有雷霆。

2016 年 5 月 25 日于浙江丽水龙泉

## 游丽水

莲城来做画中人,数日欣同造化亲。
碧玉盘边驾车过,青罗带上放舟巡。
云披叠岭吟情远,雨洗丛林意境新。
丽水秀山今有梦,原生态里遍金银。

2016 年 5 月 26 日于浙江丽水

## 游石门洞

石门渡口自何年,引客过江入洞天。
树蔽日光亭午后,云留苔迹古祠前。
每从幽谷高人出,即有嚣尘故事传。
久坐不须谈汉楚,且观岩瀑一流悬。

2016 年 5 月 26 日于浙江丽水青田

## 题青田石雕博物馆

到此游人尽折腰,青田奇石也多娇。
满楼罗列惊珍品,万类纷呈叹小刀。
不雨鲜花长润润,无风美发总飘飘。
草虫潜伏云峰耸,都可随心所欲雕。

2016 年 5 月 26 日于浙江丽水青田

## 游千峡湖

汇来千峡一湖平,划破琉璃小艇轻。
叠岭如床白云卧,层林似鬓绿烟生。
欣添笔下新诗句,贪吃鱼头大碗羹。
不必更寻仙境去,水村山郭即蓬瀛。

2016 年 5 月 26 日作于丽水青田　5 月 30 日改于上海

## 崇明采风诗抄

### 西沙湿地

驱车来小岛,结伴访西沙。
芦苇随风摆,螃蜞出洞爬。
行吟能听浪,吐纳可餐霞。
诗笔经滋润,同将湿地夸。

2016 年 6 月 4 日

### 明珠湖

湖波光潋滟,岛上嵌明珠。
远岸林如缀,低云水欲扶。
风轻梳鬓发,雨细润肌肤。
诗友登游艇,须携茗一壶。

2016 年 6 月 4 日

## 金鳌山

古木森森里,登临曲径高。
江遥飞白鹭,山小立金鳌。
拥地何妨窄,吟诗也自豪。
风云能借势,走笔带狂涛。

2016 年 6 月 5 日

## 熏衣草爱情主题公园

阵阵芬芳里,遥看遍紫烟。
熏衣浓欲醉,拍照恍如仙。
花海多春梦,诗翁也少年。
爱情留隧道,穿越步翩翩。

2016 年 6 月 5 日

## 东平森林公园

飘然入氧吧,一帽一单车。
有鸟穿行绿,无人采撷花。
林风频洗肺,诗草忽萌芽。
饱吸清新气,当今已甚奢。

2016 年 6 月 6 日

## 新民村农家

豁然开朗处，农户一新村。
甲宅藏林囿，中巴进院门。
犬猫皆富态，鸡鸭已肥臀。
翁媪邀人坐，甜瓜切满盆。

2016 年 6 月 6 日

## 丙申端午感怀

假期三日过端阳，裹粽传杯应节忙。
杰句自今搜到古，壮心从热转成凉。
看多鸾死和鸡舞，管甚秦兴与楚亡。
蒲剑艾符吾插罢，只求居处草根香。

2016 年 6 月 9 日

## 黄河游览区书感

山头巨石塑炎黄，到此儿孙首共昂。
花已盛开中土外，根仍深扎大河旁。
五千年史何其短，十亿人心为底忙。
我觉涛声响胸廓，高坡一泻即诗行。

2016 年 6 月 11 日于郑州　2018 年 4 月 11 日改于郑州

## 题临江楼

红尘日历被新翻,青史城门剩旧垣。
大树临江如有待,小楼守岸却无言。
桌前人坐留棋局,脚下潮生足水源。
百岁沧桑一回首,波光未改映星繁。

2016 年 6 月 18 日于福建上杭

【注】
1929 年,朱、毛在此下棋。临江楼上有毛当年住过的房间。

## 忆 昔

又逢初夏忆家乡,五里湖湾一石塘。
摸蚌少年游浅水,偷桃学子上平冈。
门前花树蜻蜓舞,屋后河桥舴艋航。
最爱丝瓜炒毛豆,灶头炊饭酱排香。

2016 年 6 月 21 日

## 暴风雨戏作之一

江南天气不温柔，时节黄梅闹未休。
暴雨忽增河重压，狂风哪顾树哀求。
伞成挡箭防身盾，车作冲锋破浪舟。
所幸水深无火热，行人莫抱怨和尤。

2016 年 6 月 22 日

## 暴风雨戏作之二

降雨申城也自强，倾盆未足更倾缸。
泻来天际全成瀑，扑向街头可化江。
整日腻烦居湿地，满怀焦虑盼晴窗。
报修屋漏灾情急，物业为难怕搭腔。

2016 年 6 月 28 日

## 老母生病赋三绝句

### （一）

看似从容脚步轻，推车送母看医生。
心情沉重浑身软，怕听专家说病情。

（二）

煮粥煎汤母膝前，重提往事亦缠绵。
我与高堂俱白发，一闪光阴七十年。

（三）

人生又到一关头，母子交谈夜未休。
但愿此番仍斩将，相依为命度春秋。

2016 年 7 月 4 日

## 丙申生日

一岁如翻一页书，年年章句不欺予。
心声清越留诗本，鬓影萧骚到木梳。
老母同尝长寿面，新居正赏太湖鱼。
每逢生日弥珍惜，总有亲情小照储。

2016 年 8 月 4 日

## 立秋咏云

秋云今抖擞，群起立蓝天。
不冷空堆雪，多娇只化烟。
晴光添白炽，暮色透红鲜。
何日能行雨，终消酷暑煎。

2016 年 8 月 7 日

## 访某山村

入某山中访某村，几人留守伴晨昏。
树阴围坐多翁媪，井畔嬉游剩祖孙。
电讯能通大都市，乡心空系老槐根。
来斟三盏田家酒，共话桑麻不复存。

2016 年 8 月 11 日

## 牛首山地宫

珍藏舍利碧山中，幽谷豪华建地宫。
佛要金装添气象，国凭法事说兴隆。
离开喧闹红尘界，感受庄严净土风。
见识而今与时进，谁还敢谏学韩公。

2016 年 8 月 12 日于南京

## 登阅江楼

八月骄阳尚顶头，不须筇杖也登楼。
江风掀浪供人阅，诗客凭栏为底愁。
城走车流仍济济，天垂云朵总悠悠。
六朝多少兴衰梦，写出金陵好个秋。

2016 年 8 月 12 日于南京

## 访开封天波府

杨家忠义一门多，传唱千秋血泪歌。
骨已化灰埋地穴，府犹悬匾署天波。
八方游客争留影，几个将军肯枕戈。
腊像目光仍炯炯，壮怀激烈欲如何？

2016 年 8 月 20 日于开封

## 游禹王台诸名胜

城外高台访禹王，三贤去后几秋霜。
朗吟人已成雕塑，精刻碑犹满步廊。
繁塔动情追念宋，梁园引梦返回唐。
瓦檐新草知怀旧，学吐缠绵句短长。

2016 年 8 月 20 日于开封　8 月 25 日改于上海

## 住院体检戏作

老来仪表减堂堂，七尺之躯亚健康。
共振已添磁与核，内窥直达胃和肠。
药难脉脉除斑块，针可餐餐降血糖。
跳动丹心休过速，汗青不照也无妨。

2016 年 9 月 7 日

## 中秋无月

婵娟今夜隔云层，我坐书斋独对灯。
吟诵阴晴圆缺句，心中自有月东升。

2016 年 9 月 15 日丙申中秋

## 题"晚风随笔"

口中言直未拦之，纸上由缰信马驰。
咽苦吞甘灯下写，剖心析胆友前披。
爱诗更恨诗坛丑，讽世常惊世态奇。
难免会教人不悦，只缘吾笔揭其皮。

2016 年 9 月 18 日

【注】

白居易《与元九书》:"凡闻仆《贺雨诗》,众口籍籍,以为非宜矣;闻仆《哭孔戡诗》,众面脉脉,尽不悦矣;闻《秦中吟》,则权豪贵近者,相目而变色矣;闻《登乐游园》寄足下诗,则执政柄者扼腕矣;闻《宿紫阁村》诗,则握军要者切齿矣!大率如此,不可遍举。不相与者,号为沽誉,号为诋讦,号为讪谤。"

## 瑞祥寺访念慧上人

秋日访兰若,谈诗又说禅。
潮生茶碗里,山列砚池边。
结社邀云聚,倾怀与海连。
从今多雅集,鸥鹭可随缘。

【注】

瑞祥寺在浙江乍浦。念慧上人拟筹建汤山诗社。

2016 年 9 月 25 日

## 浣溪沙

雾锁云封暗小楼,似醒似睡梦悠悠。雨中听出许多愁。　　淅沥灯前人品茗,深沉窗外气横秋。不知何物压心头。

2016 年 10 月 6 日作 10 月 12 日改

## 与诗友吴江小聚

楼迎云淡泊,风醉桂婆娑。
远岭浮青霭,轻舟点白波。
杯因佳酿满,墨为好诗磨。
湖畔宜吟咏,从今雅集多。

2016 年 10 月 7 日

## 丙申重阳参加瑞祥寺落成开光大典

九龙环抱里,合十上层楼。
瑞阙依山叠,祥烟入海浮。
升阶多玉露,吟句恰金秋。
岁岁重阳日,宜来宝刹游。

2016 年 10 月 9 日于浙江乍浦

## 赏桂

小园方溢桂香浓,恰有清秋月与风。
淡淡襟怀皆满载,悠悠气韵可交融。
顿教尘网氛围好,偶与琼楼境界同。
人要及时行点乐,只消花木两三丛。

2016 年 10 月 17 日作 10 月 21 日改

## 出生地原中德医院大门口小立（现为慧公馆）

大任何曾有？天还降此人。
呱呱入尘网，眷眷认慈亲。
风雨寻常路，沧桑几十春。
今来一长啸，欲泣鬼和神。

2016 年 10 月 31 日

## 与诗友龙华寺小聚

有朋来远聚香楼，气爽初冬不逊秋。
泉与梵音相应答，风随人语共清遒。
率真诗似新茶沏，淡泊心从净土求。
临别未忘邀古塔，同披肝胆照中留。

2016 年 11 月 12 日

## 悼念母亲

最亲人竟隔阴阳，五内俱焚泪夺眶。
流岁无能重逆转，遗容似动久端详。
寻常往事珍藏梦，七十衰翁痛失娘。
呼唤阿明声渐远，从今传不到儿旁。

2016 年 12 月 12 日晚作　12 月 13 日凌晨四点半改

## 丙申冬至

最长冬夜满悲情,点烛焚香老泪倾。
一自双亲都走后,人生忽变作馀生。

2016 年 12 月 21 日丙申冬至凌晨四时

## 丁酉鸡年戏作

贴墙年画迓新春,锦羽朱冠俨若神。
肯德基仍如闹市,门庭未减吃鸡人。

2017 年 1 月 29 日乙酉正月初一

## 丁酉春节思亲三绝句

(一)

语笑寻常不复存,过年枉自足鸡豚。
双亲恍觉仍同桌,碗筷边添两酒樽。

(二)

对门惯听母鼾眠,相伴相依廿二年。
昨夜梦闻声响动,起身忙到小床前。

（三）

一自双亲去不归，可怜春节也含悲。
荧屏节目宣传孝，看罢无言老泪垂。

2017 年 2 月 1 日

## 乙酉新年漫笔步陈子龙人日立春韵

感受流光景象新，匆匆月夕与花晨。
谁听乐府忧时句，但见荧屏颂德人。
禁爆竹声长寂寂，尝坚果味尚津津。
不提翁媪当年勇，多少豪言意已陈。

2017 年 2 月 11 日

## 春 雨

春来添渴念，昨夜降千丝。
灯下檐声细，窗前树影滋。
少年多向往，晚节剩追思。
我学江南雨，吟怀未减痴。

2017 年 2 月 20 日晨三时

## 题吴江新居

情结平生系太湖,苏州湾畔有吾庐。
烟波笔底真能蘸,星月窗前似可扶。
满壁书藏五千册,整天茶沏两三壶。
小城风气无邪味,绝胜魔都与帝都。

2017 年 2 月 27 日

## 水龙吟·贺中华诗词学会成立三十周年

中华不灭风骚,诗词已是流行曲。吟坛一片,新枝郁郁,新花簇簇。三十年来,诗心翔集,诗行驰逐。悟平平仄仄,祖传瑰宝,经浩劫,离低谷。　　硕果累累醒目。有期刊,纷呈珠玉。会开四届,员增三万,今宵共祝:好梦须圆,好苗须种,好诗须续。正情牵赤县,笔书青史,泻黄河瀑。

2017 年 2 月 28 日

## 接女儿电话

阳光眷恋小家庭，电话常传问候声。
一自阿婆西去后，女儿今更惜亲情。

【注】
女儿习惯称呼祖母为阿婆。

2017 年 3 月 3 日

## 遣兴

浅斟低唱未曾闲，枕畔书围四五环。
眼镜散光多次配，手机初稿几番删。
少年钟爱诗成瘾，垂老追回梦有斑。
往事朦胧浮脑海，可怜无数米家山。

【注】
辛弃疾句："西北望长安，可怜无数山。"米家山，指米芾父子山水画也。

2017 年 3 月 6 日

## 游泾县桃花潭步太白诗韵

古渡轻舟又欲行,江边久立忆歌声。
深潭翠色教人醉,储满当年送别情。

2017 年 3 月 15 日于黄山市

## 宿太平湖畔农家

四围青翠列屏风,心上波光与镜同。
睡在群山环抱里,白云进出梦乡中。

2017 年 3 月 16 日晨于黄山市

## 访赛金花故居

赫赫芳名故宅春,满园花草带娇嗔。
堪怜护国青楼女,救了倾朝误国人。

2017 年 3 月 16 日于黄山市

## 游西递古村

村中窄巷又高墙,远客川流进出忙。
老宅小摊随处摆,人人当代做徽商。

2017 年 3 月 16 日于黄山市

## 访季子挂剑台

夹径桃花披锦云，杏花如雪落缤纷。
当年长剑曾悬树，今日高风尚绕坟。
肝胆照临湖潋滟，襟怀熏沐岭清芬。
归来欲问当朝吏，一诺还能值几文？

2017 年 3 月 25 日于徐州

## 访黄楼三绝句

### （一）

柳垂花簇豁双眸，交汇当年汴泗流。
林立入云新厦耸，我来寻访最低楼。

### （二）

瓦自金黄水自清，凭栏石舫忆涛声。
仰瞻九百年前匾，犹署如雷贯耳名。

### （三）

黄楼屹立故黄河，倒影斑斓永不磨。
千载感恩唯百姓，至今心里有东坡。

2017 年 3 月 26 日于徐州

## 清禄书院品香

偶然离闹市,小屋品清凉。
山上千年木,炉中一缕香。
氛围同北宋,心境似南唐。
先使诗人醉,轻烟绕梦乡。

2017 年 3 月 29 日

## 参加义乌第二届上巳节

汉字吴溪晋代衣,桃红柳绿白鹅肥。
挂崖瀑布飞千尺,当代诗人坐一围。
韵自分拈苦思索,酒虽罚饮乐忘归。
流觞曲水今重见,不信风骚已式微。

2017 年 4 月 2 日于义乌

## 参加义乌第二届上巳节分韵得游字

春风又上柳梢头,晋代衣冠赤岸游。
限韵一吟无俗句,挂崖四溅有清流。
皮肤各色嘉宾至,士女多姿逸兴遒。
后欲视今成易事,时空穿越照中留。

2017 年 4 月 2 日作于义乌 4 月 3 日改于上海

## 游兴化千垛菜花景区

菜花千垛接天遥,三月风华绝代娇。
金箔贴成凹凸版,河光岛影一浮雕。

2017 年 4 月 7 日于江苏兴化

## 游李中水上森林公园

满湖杉木是谁栽?高插云天画卷开。
大片自然生命绿,都从上善水中来。

2017 年 4 月 7 日于江苏兴化

## 访板桥故居感赋三绝句

### (一)

避风避雨岁寒庐,挂壁诗文字字珠。
难得官场懂门道,清醒装作很糊涂。

### (二)

一枝一叶系民情,焚砚烧书惹怪名。
故宅来听几竿竹,风前仍啸旧时声。

(三)

莫道先生骨相寒,民间疾苦欲忘难。
古今多少公卿辈,不及芝麻七品官。

2017 年 4 月 7 日于江苏兴化

## 海棠雅集三绝句

(一)

垂丝几树粲然开,正盼怜香有雅裁。
不是海棠牵引力,诗人哪得八方来。

(二)

新花朵朵不胜娇,缀满枝头似玉雕。
未敢高吟动情句,怕她嫌我太轻佻。

(三)

海棠春睡晓妆残,几度恭王府里看。
来为好花题好句,要留佳话满诗坛。

2017 年 4 月 15 日于天津

## 题开封西湖

现代西湖近汴梁，何曾稍逊宋和唐。
繁华楼影云波里，绰约风姿岸柳旁。
堪喜吟诗人眷恋，可怜吹笛梦悠长。
远来多少江南客，直把他乡作故乡。

2017 年 4 月 18 日凌晨三时于开封全季酒店 8551 房间

## 答立元将军并步其韵

相识相交共笔耕，与君心迹最分明。
路于脚下何妨仄，诗在毫端不喜平。
雪域海滩留足印，暮云春树助才情。
常能聚饮茶和酒，便觉欣然慰此生。

2017 年 4 月 26 日于赴京高铁车上

【附】

高立元《赠逸明》：柳营解甲退而耕，学步吟坛识逸明。茶品浓浓还淡淡，路行仄仄续平平。一根手杖千般意，三寸荧屏万种情。拙句诒成劳指点，小兄弟是好先生。

原注：同游西藏登布达拉宫时逸明以自己手杖相赠。

## 题小汤山清宫浴室遗址

乱耸青槐与白杨,栏杆侧畔小池塘。
幽闲草长沧桑地,卓荦山留大小汤。
不见密林来凤辇,已无残壁带龙香。
温泉疗养多新贵,只有诗人咏叹长。

2017 年 4 月 28 日于北京

## 悼念母亲

点香供果敬新茶,眼望遗容忍泪花。
进出家门留积习,像前仍去喊声妈。

2017 年 5 月 1 日

## 访涂山禹王宫

夹城三水映双峰,怀古幽情驾远风。
几百米登朝禹路,四千年忆治河功。
心因黎庶操劳久,身共山川享祀同。
我立云端方片刻,时空尽揽小诗中。

2017 年 5 月 14 日于安徽怀远县

## 丁酉端午戏作

蒲觞艾粽又飘香,品味《离骚》句百行。
当代不宜多诵读,他年终会渐遗忘。
保真死直遭人笑,作假营私举世忙。
纵使灵均仍健在,也难提拔进官场。

2017 年 5 月 16 日

【注】
《卜居》:"宁超然高举以保真乎?"《离骚》:"伏清白以死直。"

## 访湖州下菰城遗址

土坡追忆古城墙,默默丛林立两厢。
石上模糊留鸟篆,田间静谧耸民房。
游人渐忘春秋史,碎瓦犹镌考烈王。
欲问翩翩楚公子,当年喧赫为谁忙?

2017 年 5 月 19 日于浙江长兴

## 游顾渚

小径通幽新竹遮,大唐楼阁入云斜。
天倾槛外青山雨,人醉杯中紫笋茶。
不老心情有诗句,最佳肴馔在农家。
吟翁胜地清游后,枯笔能生梦里花。

2017 年 5 月 20 日于长兴

## 平乐镇花楸山访李家大院

车入深山径欲迷,几家农舍傍岩溪。
林间互答穿行鸟,坡上群居散养鸡。
大院谁来幽壑筑,小诗我带翠岚题。
欲医城市诸多病,只要常来此地栖。

2017 年 5 月 23 日于四川邛崃平乐

## 游川西竹海

金鸡谷底满山青,曲径登高览画屏。
竹列成林摇剑戟,桥横有索接云星。
撑扶岩壁诗增骨,汲取烟岚茗溢瓶。
爱此自然怀抱里,气清神爽诵禅经。

2017 年 5 月 24 日于四川邛崃平乐

## 访杜甫草堂

万竿修竹八方宾，访罢南邻访北邻。
小坐不求花径扫，长吟仍盼水鸥亲。
读唐诗久心难老，饮蜀茶多句自新。
寒士一从居广厦，致君尧舜已无人。

2017 年 5 月 26 日于四川成都

## 成都返上海动车上口占

千里真成短距离，东吴夕至蜀朝辞。
车穿山腹隆隆响，日傍云头缓缓移。
夹谷藏村惊秀美，横空架路叹雄奇。
忽怜李杜多飘泊，未及高科共享之。

2017 年 5 月 27 日于四川返沪动车上

## 客怀

小城烟柳翠茸茸，春已阑时夏未浓。
心厌扑窗千百絮，神驰对岸两三峰。
残存民宅寻文化，巨变农耕忆祖宗。
幸有唐人好诗句，送些清梦入吾胸。

2017 年 6 月 7 日

## 纪游

名地能留处处踪，老来行健不须筇。
山因峻峭云依附，谷自蜿蜒水顺从。
大隐闲情虽淡淡，清游逸兴却浓浓。
诗人踏遍神州路，胜过诸侯百里封。

2017 年 6 月 9 日

## 端居

抱膝容安度岁华，能知足即好人家。
眼光放远胸襟阔，心态持平胃口佳。
明月一轮垂白玉，彩霞数片沏红茶。
取之不尽天然物，野老端居也富奢。

2017 年 6 月 12 日

## 读杨宪益戴乃迭传奇有感

两枚星子降银河，大任承担受折磨。
国不爱卿卿爱国，魔难容道道容魔。
相投情侣能相守，可泣传奇更可歌。
傲骨非凡经浩劫，始知人世谪仙多。

2017 年 6 月 15 日

## 咏西安

旁街交错正街长，现代古城车马忙。
两雁塔仍留大小，一钟楼尚立中央。
王侯深葬千年墓，思想残存四面墙。
只有诗人最哓舌，歌唐咏汉骂秦皇。

2017 年 6 月 24 日于西安

## 登华山（二首）

### （一）

崎岖何足道，今向险峰攀。
挥袖云俱湿，追风汗又干。
一条天际路，万叠脚边峦。
圣母慈颜在，人人仰首看。

### （二）

莲岳寻幽胜，诗情满我胸。
仰瞻三圣母，俯视五云峰。
渭水流平野，咸京没远踪。
归来笔如剑，潇洒走苍龙。

2017 年 6 月 26 日于西安

## 下山戏作

浑身酥软腿酸麻,忆昨餐云又酌霞。
毕竟诗人是凡骨,未能登蹑入仙家。

2017 年 6 月 27 日于西安返沪高铁车上
2017 年 7 月 8 日改

## 伏暑戏作

赤日已西沉,馀威尚暴淫。
灼人风烈烈,湿簟汗涔涔。
七月难流火,孤云不作霖。
吟翁成蚂蚁,诗向热锅寻。

2017 年 7 月 20 日凌晨三时

【注】
七月,借用农历七月;《诗经·七月》有"七月流火"句。

## 论 诗

一自埋头博览书,养成祭獭习难除。
可怜食古不消化,猪肉吃多成肉猪。

2017 年 7 月 20 日

## 暮 年

暮年如坐下坡车，减速为难且莫嗟。
纸上有诗皆野草，世间无物不昙花。
追求已悟繁输简，生活今知俭胜奢。
要学夕阳心态好，西沉依旧满天霞。

2017 年 7 月 21 日

## "小楼听雨"微信平台周年庆

四海朋来各带痴，经年不即不离之。
小楼一夜听春雨，微信明朝发好诗。
划指点评相互赞，劳心甘苦自家知。
频频交往犹堪笑，久已闻名识面迟。

2017 年 7 月 23 日

## 题韩倚云所绘绿园论诗图

三人成一景，信步校园中。
小立春流绿，长谈夕照红。
性情朝野异，谣诼古今同。
屈子千年后，方知笔最雄。

2017 年 7 月 27 日

## 自嘲

读书太少腹中空，用典无多语未工。
总取寻常生活景，自追卑下庶人风。
主流文化难容纳，当代名场不认同。
一世写诗身份定，打油郎与打油翁。

2017 年 7 月 20 日作　8 月 7 日改

## 七十戏作

吾生已届古来稀，脏器都超保质期。
不舍得扔须养护，且悠着用莫劳疲。
身虽垂老添些病，心可还童剩点痴。
俺这代人时运好，牢骚能让写成诗。

2017 年 6 月 19 日作　8 月 4 日改

## 立 秋

大暑淫威终到头，今宵骤雨立成秋。
枕边风爽添新梦，窗外云狂入小楼。
行健天公从未老，居闲野叟不须忧。
东篱又有诗家事，调好心情且醉讴。

2017 年 8 月 7 日夜十一点半

## 闻九寨沟地震

闻讯不平静，天灾奈若何？
人终难揽月，地竟屡掀波。
含泪看屏幕，焚香拜佛陀。
心田馀震在，诗笔颤声多。

2017 年 8 月 9 日

## 一生

一生真似水中浮，无可奈何飘泊舟。
每对浪狂皆怯懦，屡逢滩险更焦忧。
行途搭载同为客，旅况销磨忽届秋。
风景佳时难折返，向曾经处几回头。

2017 年 8 月 20 日晨五时作　8 月 24 日改

## 参观苏州博物馆

蜃楼贝阙造型殊，灰白墙拼益智图。
新馆珍藏寰内宝，古城深嵌掌中珠。
穿行岁月忠王李，讲解腔音软语吴。
为有大师留杰构，天堂更信在姑苏。

2017 年 8 月 16 日作 9 月 2 日改于苏州

## 游甪直古镇

河畔人家住，水乡情调浓。
肉香闻叫卖，饼脆品甜松。
拜谒先贤墓，追寻古朴风。
小诗如小镇，隽味又玲珑。

2017 年 8 月 18 日作于昆山　9 月 3 日改于昆山

## 阳澄湖畔漫步

捕鱼捉蟹地，漫步到湖边。
天水谁缝合，风云自动迁。
二黄哼唱曲，三白摆开筵。
诗友都陶醉，桃源写续篇。

2017 年 8 月 19 日作于昆山　9 月 3 日改于昆山

## 谒陆龟蒙墓

千年银杏守坟茔，寂寂碑镌甫里名。
昔有散人亲近鸭，今来吊客默听莺。
冲融诗句廊中刻，斑驳苔痕雨后萌。
世上已无真隐逸，清风共我唤先生。

2017 年 9 月 3 日于甪直镇

## 参加第五届中国诗歌节感赋

共仰灵均到秭归，骚人翔集彩云飞。
纵论天下陈丹恳，饱蘸毫尖点翠微。
汉字总随思绪列，唐诗仍被粉丝围。
不须题句分新旧，红叶千山一样肥。

2017 年 9 月 12 日赴宜昌动车上

## 谒屈原祠书感

骚坛位列祖师爷，肇锡嘉名第一家。
美政欲追三后梦，高丘自驾八龙车。
身虽九死终无悔，民正多艰尔独嗟。
芳草本非王所好，古今歌德要奇葩。

2017 年 9 月 13 日于宜昌

## 题宜都合江楼

云影天光映绮窗，波中界线色成双。
上苍哪似人孤癖，清浊仍能合一江。

2017 年 9 月 15 日于宜昌

## 中镇诗社成立十五周年吟俚句以贺（二首）

### （一）

十五年前似梦游，欣闻中镇是清流。
披陈赤胆同诸子，唱和瑶笺遍九州。
诗界争名何计避，世风逐利使人愁。
书生淡泊初心在，标榜无须到口头。

### （二）

平生诗国作清游，不合时宜不入流。
怕近名场听鬼话，爱排文字系神州。
梦难无虑随心做，民尚多艰镇日愁。
几度江南人未寐，小楼听雨滴檐头。

2017 年 9 月 16 日于宜昌

## 老 境

躺下无眠坐易眠，诸炎已上颈和肩。
痛而难忍增生骨，抿了仍垂失控涎。
话匣滔滔关不住，尿壶滴滴断犹连。
器官保质期皆过，补补修修再几年。

2017 年 9 月 16 日于宜昌

## 访三游洞

人穿栈道贴崖行，拍岸长江助激情。
游洞前贤多足迹，学诗小子有心声。
谁磨峡谷嶙嶙壁，竟刻骚坛赫赫名。
我握石雕元白手，千年仍觉热流生。

2017 年 9 月 17 日于宜昌

## 登至喜亭

手抚遗碑读宋文，望江怀古立斜曛。
小亭三叠盘梯上，摘走夷陵一片云。

2017 年 9 月 17 日于宜昌

## 三峡起始点

高台小坐举茶瓯，峡口风光恁地幽。
未及早来千载上，好看李白过轻舟。

2017 年 9 月 17 日于宜昌

## 题张飞擂鼓台

豹眼生光尚怒睁,虎须抒处隐雷声。
一尊雕像云间立,峡口长屯十万兵。

2017 年 9 月 17 日于宜昌

【注】
张飞"身长八尺,豹头环眼,燕颔虎须,声若巨雷,势如奔马"。

## 丁酉中秋

一道冰轮九点烟,霜天寥廓共婵娟。
清辉投影心田上,丹桂飘香鬓雪边。
所谓伊人波渺渺,若无其事月娟娟。
今宵举世抬头望,料是尘寰梦未圆。

2017 年 9 月 21 日

## 禹王歌

水能济物又济人，洪荒时代祸黎民。
上苍虽有拯民意，无奈无人肯挺身。
滔滔天下灾已甚，天降斯人膺大任。
治水圣贤横空出，祖为黄帝父为鲧。
进出父腹乃虬龙，曾被误称一条虫。
泥石板上刻名字，赫赫大禹贯长空。
平野汤汤荒蛮地，治人治水为一体。
建国名夏众望归，土归于土水归水。
如此功业费时光，大禹日夜奔走忙。
率众迁离低洼地，耕田筑屋上高冈。
夜化巨灵劈山来，大山轰然两半开。
西为龙门东壶口，黄河从此天上来。
斫石疏波不顾家，淮河长江入海涯。
已把至柔至坚水，当作梦中那个她。
春去秋来川流逝，三十岁遇涂山氏。
匆匆结伴又生儿，此儿即是夏之启。
成家未忘为民牧，三过家门不进屋。
妻子望夫化石头，当年首领真公仆。
未竟事业尚在肩，平叛除暴起硝烟。
毕生只为黎民累，心力交瘁入暮年。
收缴金铁铸鼎九，刻铭记事留座右。
多少可歌可泣梦，长留华夏垂不朽。
九州禹迹一何多，禹碑禹矶总不磨。
禹台禹亭又禹庙，我今更赋禹王歌。

尚留禹王宫。
几百米登朝禹路，四千年忆治河功。
心因黎庶操劳久，身共山川享祀同。
我立云端方片刻，时空尽揽小诗中。

2017 年 9 月 25 日

## 咏九龙桂

千年永葆叶纷披，一树飞龙抱九枝。
此桂易教骚客醉，花香来自晚唐时。

2017 年 9 月 28 日于福建浦城

## 在浦城听陈长林师生古琴音乐会

听泉望月性归真，一洗人心脱俗尘。
我怕明朝难入世，古琴音色太清纯。

2017 年 9 月 28 日于福建浦城

## 谒真德秀西山故居

千载长怀政绩佳，图文挂壁述生涯。
谁知旧屋多新草，竟是当年宰相家。

2017 年 9 月 29 日于福建浦城

## 咏武松鲁达

古人除恶胆包天，出手提刀怒目圆。
仗义敢言还敢做，只今都是口头禅。

2017 年 10 月 2 日

## 中 秋

一年圆梦少，积压别愁多。
未必离乡客，都能对酒歌。
纤辉难挹掬，猛志易消磨。
今夜心田上，无声贮月波。

2017 年 10 月 4 日

## 丁酉中秋后二日太湖边望月，电视台称今年八月十五月亮十七圆

高楼望月透南窗，妙境已臻乌托邦。
天下悲欢难划一，湖边圆缺总成双。
清秋水韵评弹调，良夜风声越剧腔。
堪幸最宜栖息地，婵娟相伴到吴江。

2017 年 10 月 6 日于吴江

## 摊破浣溪沙·中秋

丹桂飘香鬓雪边,清辉投影到心田。九点齐烟秋染透,最堪怜。　　所谓伊人波渺渺,若无其事月娟娟。世上几多今夕梦,盼同圆。

2017 年 10 月 13 日于吴江

## 咏桂

一冷秋风即带香,穿林欲醉桂花黄。
谁知吐蕊无多日,酝酿须经满岁长。

2017 年 10 月 14 日于吴江

## 游枫泾古镇

秋日农家老宅前,开轩小酌品河鲜。
风来喜有明清味,笔动惭无李杜篇。
都市楼群已心厌,乡村雨点却情牵。
随寻一角唔奴屋,孟浩然诗意境全。

【注】
唔奴屋里,枫泾方言,"咱家"之意。

2017 年 10 月 17 日

## 重访铁林寺再用前韵呈海慧上人

也欲来修得慧根，匆匆随喜又黄昏。
满城灯火留山脚，二度金秋进寺门。
禅室品茶真有幸，俗人餐素是知恩。
古今诗刻碑廊里，爱听高僧与细论。

2017 年 10 月 20 日

## 遣 兴

人生不可不舒心，访胜寻幽付啸吟。
抒老怀于金缕曲，添禅味自铁观音。
寒斋夜月仍窥牖，茂苑秋风亦扫林。
但得笑容常灿烂，任他留下皱纹深。

2017 年 10 月 19 日作于上海赴汕头动车上<br>10 月 23 日改于汕头返上海动车上

## 重读王冕墨梅诗有感

赖有前贤妙句裁，含而不露报春来。
弄潮事事非遥梦，掷地声声作响雷。
此语细参真似谶，他年大变已为胎。
要留清气无颜色，胜过红梅是墨梅。

2017 年 10 月 26 日

## 丁酉重阳

最高层处望眸舒，日日登楼对太湖。
忽又重阳俱老矣，纵非圆月亦恬如。
归乡北雁遥无影，得句东篱淡似初。
吾爱吾庐清气在，菊花香溢水晶壶。

2017 年 10 月 27 日

## 游汉阳晴川阁

遥看黄鹤盛唐楼，崔颢曾驰对岸眸。
今古目光千载遇，烟波颜色一层秋。
心追落日添遐慨，笔蘸长江助壮游。
高阁何须栏拍遍，诗人老矣不胜愁。

2017 年 11 月 5 日于武汉

## 参观福州中国船政博物馆

坚船利炮百年求，战后沙滩骨尚留。
海浪打磨难解恨，岭云翻滚未销愁。
重温近史停双足，久忆前贤湿两眸。
此梦欲圆殊不易：和风细雨送轻舟。

2017 年 11 月 12 日

### 访福州林则徐故居

散去硝烟炮已寒，古榕庭院久盘桓。
少年曾识封疆吏，声貌神情是赵丹。

2017 年 11 月 14 日

### 访冰心故居

长街老屋叹零丁，树影苔痕满一庭。
小读者今成老汉，当年沉醉赏繁星。

2017 年 11 月 14 日于福州

### 逛福州三坊七巷

榕树垂须触粉墙，勾馋风味正飘香。
睛随老店招牌转，梦在名人宅院藏。
一路导游频动口，数家饮食已撑肠。
走坊穿巷连茬客，上演千秋戏几场。

2017 年 11 月 15 日于福州

## 参加全球汉诗总会潮州年会感赋

八方骚客聚潮州，岭色波光一览收。
山水姓韩真幸事，诗词名汉属全球。
比邻知己天涯在，有句逢君笔底留。
坚信吟成非谬种，要传风雅到千秋。

2017 年 11 月 18 日于潮州

## 题泉州洛阳桥

万古安澜架一桥，有人身影入云高。
宋时知府成雕像，依旧关心涨落潮。

2017 年 11 月 22 日于泉州

## 游泉州开元寺

墙外长街闹，门中巨匾低。
新禽鸣上下，古塔立东西。
风向榕须捋，霜来鬓角栖。
人间追梦急，何日识菩提。

2017 年 11 月 22 日于泉州

## 咏灵岩山

长星坠此化灵岩，一塔飘然似远帆。
多少姑苏台上梦，飞来飞去被云衔。

2017 年 11 月 26 日于苏州

## 题冬叶照片

斑斓疑是锦，璀璨并非霞。
深讶三冬叶，鲜如二月花。

2017 年 11 月 26 日于苏州

## 游金山寺

飞檐夹径上山巅，银杏红枫色彩鲜。
落日蓄金铺满寺，长江留白合成天。
鼓曾助战思梁氏，蛇最多情羡许仙。
更有诗人添好句，能教烟景倍堪怜。

2017 年 11 月 28 日于镇江

## 回忆高考一九七七

考场门闭又门开,都自英明决策来。
三届学童多失落,十年穷壤久徘徊。
布衣人拾曾挥笔,金榜名题已弃才。
我辈充当群脚色,剧情编导总难猜。

2017 年 12 月 7 日

## 都市素描

钢骨幕墙多怪胎,人工浇捣石成灾。
路衢似网层层织,楼厦如林密密栽。
挖地蜂窝埋轨道,架空车水卷尘埃。
什么都贵居非易,绷紧神经大隐来。

2017 年 12 月 8 日

## 参加第三届诗词中国传统诗词创作大赛颁奖典礼

言志缘情聚一厅,登台领奖上荧屏。
行行原创琳琅句,颗颗新升燦灿星。
但愿唐人皆雅士,始知汉字尚芳龄。
诗家千古同诗梦,留取诗心照汗青。

2017 年 12 月 9 日

## 母亲周年祭日

又是今朝又此时,一年前景怆肝脾。
亲情隔世长萦梦,思念撕心欲吐丝。
照上笑容都不动,耳边声咳未曾离。
阿明无语空垂泪,只有焚香与赋诗。

        2017 年 12 月 12 日

## 某公去世后有人写诗诋毁

好谈人短习难除,长者才亡笔即诛。
摩诘也曾担伪职,遗山未可算贞夫。
尔曹轻薄为文哂,群辈喧嚣信口诬。
丽句清词偏不读,吹毛看有隐疵无。

2017 年 12 月 15 日作　12 月 25 日晨二时改

## 双亲落葬日作

柳瘦风寒野压云,双亲年考上碑文。
泪含苦味时时咽,纸带哀思片片焚。
物质暗明人永隔,阴阳今昔梦难分。
古诗生我劬劳句,从此伤心不忍闻。

        2017 年 12 月 16 日

## 咏金骏眉

气骏眉舒浅浅斟,煮残阳色啜泉音。
诗人也是贪婪客,深爱茶中几片金。

2017 年 12 月 21 日

## 观看电影《芳华》

揪心故事谱悲歌,五十华年一刹那。
舟已难行都漏水,风偏不止更掀波。
原因今日追思少,人性当时扭曲多。
谁最动情观此剧,座中翁媪泪滂沱。

2017 年 12 月 28 日

## 元旦口占

一岁临门一岁逃,阳光灿灿上眉梢。
人生总有新机遇,元旦依然可起跑。

2017 年 12 月 31 日

## 读欣淼会长七十咏怀有感，赋一律寄呈

人生已届雁迎秋，怀旧宜登夕照楼。
汉字图腾长奉献，唐诗情结共追求。
百年清悟终成梦，万象纷呈只化沤。
自信衰翁君与我，会吟新句世间留。

2018 年 1 月 4 日

## 咏石像三绝句

### （一）

画师水墨自然牛，万里风光纸上收。
化作石雕仍带笑，远看红染万山头。（李可染）

### （二）

绝妙幽他一默功，为书情已毕生钟。
于今石像如山立，势压文坛十万峰。（钱钟书）

### （三）

良知堪作世人针，披卷能闻发聩音。
镌刻先生成石后，无言依旧在传心。（王阳明）

2018 年 1 月 12 日

## 腊八感怀

岁暮休增老大悲，梦来难避去难追。
风吹节序连翻过，星布疑团诡异垂。
遣兴只需茶几泡，临屏屡见吏"双规"。
小斋何啻箪瓢乐，兼味盘飧我自炊。

2018 年 1 月 16 日作　1 月 24 日改

## 赞颜回

名声从不靠传媒，陋巷穷儒是斗魁。
孔子当年颁鲁奖，贤哉牌匾赠颜回。

2018 年 1 月 18 日

## 飞机上戏作

庄子逍遥试一寻，驾虬乘凤入瑶林。
白云已摆低姿态，红日长呈大气心。
俯瞰地球多眷恋，直行穹宇有歌吟。
视通万里如鹰睨，新句飞来信手擒。

2018 年 1 月 19 日

## 回忆辞职

围城走出自由身，散迹江湖十八春。
改禀性难唯有退，事权贵久未能驯。
名场蔓衍多欺伪，梦境流连可率真。
我本不归庸吏管，老天分派做诗人。

2018 年 1 月 22 日于潮汕返沪飞机上

## 申城丁酉初雪

楼群欲盖却弥彰，郎朗乾坤黑白妆。
雪有冰心亦飘忽，雨无风骨自轻狂。
寒流不碍车流暖，闲客那随宦客忙。
难辨鬓眉真假色，诗翁三径正徜徉。

2018 年 1 月 25 日

## 雪夜

一点灯红万片银，小楼窗外瓦成鳞。
漫长腊月多孤客，短促流光共几春。
夜半失眠因怕梦，雪中追感正思亲。
已无慈母将儿盼，我是当年幸福人。

2018 年 1 月 25 日

## 戊戌元日咏犬（三首）

### （一）

送走鸡头挂狗头，年年属相自轮流。
换班禽兽无争妒，不学人间斗未休。

### （二）

喜见新桃换旧符，千门贴上犬儿图。
不贪不盗能担责，公仆真堪作楷模。

### （三）

事主忠诚性率真，未曾爱富又嫌贫。
想来老犬传庭训，定嘱儿曹莫学人。

2018年1月26日凌晨三时作 1月29日改

## 除夕戏作

手机祝福指酸麻，年味翻新入我家。
读鲁迅书谈鲁奖，吃梅干菜赏梅花。
纵论天下因衔酒，顿悟心间是品茶。
都市欣逢禁鞭炮，盛时深怕太喧哗。

2018年1月27日

## 雪日

六花连日下，浊世也晶莹。
听雪心情洁，看梅气骨清。
快门留玉照，微信约诗盟。
我备茶红绿，酬赓趁嫩晴。

2018 年 1 月 28 日作　1 月 29 日改

## 新几社雅集

三五自成群，吟旌树一军。
杯中吸雷雨，笔底扫烟云。
肝胆须知己，文章可策勋。
匹夫仍有责，要献野人芹。

2017 年 8 月 19 日作　2018 年 1 月 30 日改

## 咏月

游子飘零到远方，异邦何物断人肠。
四看风景生疏甚，明月依然似故乡。

2018 年 2 月 1 日

## 立春后一日

### （一）

岁杪迎佳日，寒冬接立春。
烟光欣润物，节序急催人。
鸟送诗声脆，盆栽树色新。
萌萌外孙女，两岁庆生辰。

### （二）

酷冷江南岸，空言已立春。
瘦癯行道树，臃肿裹衣人。
梦里追寻旧，诗中打造新。
心田栽汉字，四季有芳辰。

2018 年 2 月 4 日

## 偶 感

反贪惩恶绩辉煌，圆梦依然路漫长。
老虎打完蝇拍尽，中间还有许多狼。

2018 年 2 月 6 日

## 送灶日戏作

何须随俗煮糖锅，欲换甜言蜜语多。
坏话灶王都不讲，玉皇今爱听莺歌。

2018 年 2 月 7 日

## 题书斋

抱膝长吟散发翁，小情调伴大时空。
旧书黄映茶汤绿，新梦蓝穿烛焰红。
兴起自飞千尺瀑，神游恰借一襟风。
砌成汉字围墙里，正是诗人永乐宫。

2018 年 2 月 7 日作 2 月 11 日改

## 读 史

川流角色各登场，日月奔驰未有缰。
四百人曾称万岁，五千年尚有群盲。
酌贪财主成仁少，遮丑权门造假忙。
旧戏荒唐都演过，新编戏又演荒唐。

2018 年 2 月 12 日作 2 月 24 日改

## 雨中小镇

柔橹时传湿透声，矮檐深巷饱含情。
江南烟雨朦胧里，小镇肌肤水做成。

2018 年 2 月 19 日

## 偶 成

老大无成未觉空，不曾努力自轻松。
许多欢乐能安享，都在光阴浪掷中。

2018 年 2 月 20 日

【注】
你能在浪费时间中获得乐趣，就不是浪费时间。（罗素语）

## 题鹅卵石

如斯川逝一何忙，磨洗成形各有光。
世上人人都似石，投生落水卧河床。

2018 年 2 月 20 日

## 人日戏作

鸡犬猪羊各领先，放牛归马也居前。
生辰仅是排元七，贪欲常思占大千。
已把畜禽当美食，长教灵长有强权。
我于人日呼人性，小小寰球盼永年。

2018 年 2 月 21 日

## 戊戌元宵

坚果清茶月下尝，品来年味尚鲜香。
眼观屏幕花灯会，嘴嚅元宵肉馅汤。
无数诗行吟此夕，有人行迹滞他乡。
老怀难觅倾杯客，千种风情不必长。

2018 年 3 月 2 日戊戌正月十五日

## 戏咏裸官

欲迁西土动邪思，交易权钱敛巨资。
阖府已非中国籍，一人犹占大夫枝。
精忠栈道明修后，暴富陈仓暗度时。
孟老先生真厉害，早知贫贱不能移。

2018 年 3 月 6 日

## 登山

石径穿行翠霭中，山巅小立快哉风。
晴光极目仍千里，夕照扶筇已一翁。
览胜为求诗劲健，登高好做梦清空。
今宵不掩门窗睡，欲共云栖贝叶宫。

2018 年 3 月 9 日

## 藏书

少年陪伴到衰翁，卷帙三千发小同。
迁徙多回手难释，收藏四壁气方雄。
高堂曾给零钱买，陋室长和阆苑通。
我有满崖飞瀑句，探源无不出其中。

2018 年 3 月 11 日

## 悼霍金

折翼大鹏轮椅中，神游依旧遍时空。
一身麻木虽无力，三指精灵别有功。
人是蟪蛄哪识岁，世争蛮触已成风。
只今深憾君仙逝，多少头颅未启蒙。

2018 年 3 月 16 日

【注】
庄子《逍遥游》："朝菌不知晦朔，蟪蛄不知春秋。"

## 写诗

一从自许做骚人，欲学前贤句出新。
腹内黄书虽雅雅，口头白话更津津。
先须活得心明白，始可吟来性率真。
创作此生吾有愿，诗词色彩属平民。

2018 年 3 月 17 日

## 赏樱四绝句

### (一)

大片云霞任剪裁，春光序幕灿然开。
樱花不似梅花傲，雅俗何妨共赏来。

### (二)

年年表白向春风，不与纡朱曳紫同。
一片素心谁懂得，往来观赏客匆匆。

### (三)

群芳三月斗江隈，锦绣丛中雪一堆。
遐想每生留白处，始知无色是花魁。

### (四)

回暖犹疑雪未干，赏樱时节踏青看。
百花百姓同心态，爱沐春风怕受寒。

2018年3月28日

## 医院探望求能兄

东粤西川共饮茶，重逢海上鬓毛华。
何妨老病侵身板，尚有新诗健脑瓜。
话可投机人不易，句能传世思无邪。
与君互祝童心在，要做吟坛百岁娃。

2018 年 3 月 29 日

## 访广富林遗址公园

屋顶如坡半入湖，洞中井灶梦之初。
人追旷远争心淡，花绽清明望眼舒。
寄迹残存六千载，流年新沏两三壶。
来观今古须臾后，要把遐思串作珠。

2018 年 3 月 31 日作　4 月 4 日改

【注】
陆机《文赋》："观古今于须臾，抚四海于一瞬。"

## 清明口占三绝句

### （一）

车水马龙声正喧，整年心上积千言。
今朝袅袅青烟里，向着坟头诉一番。

### （二）

久立陵园泪湿巾，轻揩碑上字间尘。
双亲先后都离去，我是家中最老人。

### （三）

春风酿雨乍轻寒，人正伤心泪未干。
诗共纸钱焚已尽，不知二老可曾看。

2018 年 4 月 5 日

## 飞机上戏作

九霄真可御风游，江细山微一览收。
云上晴空无鬼雨，手中茶点有牛油。
座舱偶也居头等，戏作何妨属末流。
羡煞飘飘谪仙李，日行千里靠轻舟。

2018 年 4 月 9 日

## 黄河边作

孕育中华无数根，大堤追逐巨龙奔。
九州乡土肤留色，两岸泥滩泪有痕。
天欲入河藏日月，舟能破浪动乾坤。
我修水库心胸内，一泻诗行放闸门。

2018 年 4 月 10 日

## 黄河游览区书感

山头巨石塑炎黄，到此儿孙首共昂。
花已遍开中土外，根仍深扎大河旁。
五千年史何其短，十亿人心为底忙。
我觉涛声响胸廓，高坡一泻即诗行。

旧作 2018 年 4 月 11 日改于郑州

## 访杜甫故里

二十年间两度来，蓬门又为故人开。
山头笔架凌云梦，院里铜雕上树孩。
小吏已成千古圣，好诗曾历几重灾。
知时春雨应相识，润我吟襟抚我腮。

2018 年 4 月 12 日于河南巩义

## 宿婺源熹园

旧民居里住，木板透陈香。
嘉庆年穿越，邯郸梦隐藏。
窗前听雨瀑，枕畔见山乡。
今夜鼾声起，能传到盛唐。

2018 年 4 月 13 日于江西婺源

## 游婺源晓起村三绝句

### （一）

水声淹树根，山色剩眉痕。
遥见云烟动，深藏又一村。

### （二）

进士留门第，农家卖菊花。
砖雕门外坐，喝碗婺源茶。

### （三）

溪流小村绕，樟树古风存。
与我闲聊叟，簪缨几世孙。

2018 年 4 月 14 日于江西婺源

## 整理旧信见田遨喻蘅胡邦彦等诸前辈所赐大函有感

纸上残存岁月多，墨痕疏淡梦婆娑。
行行奇石排成岭，字字繁星汇作河。
落笔声仍传耳鼓，聊天语更动心窝。
诸翁手迹如碑帖，我自珍藏不换鹅。

2018 年 4 月 18 日

## 迦陵学舍戊戌海棠诗会步叶老韵

海棠聚众已成城，莺燕围观驻足听。
树在风前都起舞，人来花下更多情。
校园骚客高吟句，王府诗盟远播名。
此际正宜学苏轼，也烧红烛到深更。

2018 年 4 月 19 日于天津

## 咏迦陵学舍海棠花

又见园林雪作堆，海棠窈窕是谁栽。
自添烟景迎三月，相伴诗人醉几回。
带点雍容出西府，送些高雅到南开。
花如淑女春风里，总有翩翩君子来。

2018 年 4 月 22 日于天津

## 黄河天下诗林植树

轩辕植柏至今存,我辈乘凉共感恩。
捧赤子心沾此土,舀黄河水润其根。
何妨风雨枝犹弱,会见星云叶可扪。
一脉基因入林海,终将造福地球村。

2018 年 4 月 11 日于郑州<br/>4 月 25 日改于上海赴合肥高铁车上

## 登合肥包公祠清风阁

高阁真如铁面翁,凛然刚介耸苍穹。
仰攀梯级随云上,俯瞰湖光与镜同。
公正残留戏文里,廉明稀缺宦场中。
诗人良久凭栏立,为采清新两袖风。

2018 年 4 月 25 日于合肥

## 谒包孝肃公墓园

嘉木成阴劲草平,碑镌赫赫老包名。
春残享殿花谁献,雨霁游人蝶自迎。
戏里沉迷看脸黑,墓前呼唤盼风清。
倘能重坐开封府,会遭几多公仆惊。

2018 年 4 月 25 日于合肥

## 咏汉字

结绳形体最婀娜，实义华声梦境多。
笔触开喷成火焰，诗行流淌是江河。
写来堪作图腾拜，读去如闻地籁歌。
方块入心留烙印，堂堂正正不能磨。

2018 年 5 月 8 日

## 登灵山

缆车斜插入云空，万马回旋一览中。
危栈人行餐秀色，奇岩天劈展灵风。
山无杰句名难盛，士有高怀笔自雄。
千载沁园春诵罢，至今长忆稼轩翁。

2018 年 5 月 9 日于上饶

## 游三清山

凡夫久慕此山名，今向洞天幽处行。
石罅水声仍上善，峰巅松影最高清。
千岩各摆奇姿态，数鸟平分好性情。
游罢无须觅丹药，仙风仙骨自然生。

2018 年 5 月 10 日于上饶

## 母亲节

今宵竟不敢回家,往事抽丝乱似麻。
影视收看难忍泪,怕听两字是爹妈。

2018 年 2 月 26 日作　2018 年 5 月 14 日改

## 大学同窗入校四十年后重聚感赋

一群翁媪聚文科,笑语重闻卅载过。
缘结那年高考后,心倾今日畅谈多。
难教清老离霜鬓,未改纯真驻眼波。
我辈都逢好时运,始能知识不蹉跎。

【注】
　　有同学说知识改变命运,当然也对。我有时觉得是命运改变了知识。在那个知识越多越反动的年代,知识有什么用。我们有幸遇上高考一九七七,知识才算派上了用场。

2018 年 5 月 17 日

## 读苏轼诗文有感

老夫仍带少年狂,一吐心头块垒长。
明月西沉杯里举,大江东去砚中藏。
天公与士皆行健,命运如弓总挽强。
细品达观诗与赋,有豪放处有悲凉。

2017 年 9 月 8 日作　2018 年 5 月 22 日改

## 闻金柱白先生辞去义城金氏庆南宗亲会会长之职感赋一律遥寄

说孔谈经几度逢,釜山上海一飞鸿。
人生有进终须退,义士无私只为公。
昔付华年成木铎,今收硕果遇金风。
我将诗句当花束,遥寄高贤八秩翁。

2018 年 5 月 24 日

## 咏样式雷

贝阙珠宫几处开,神工意匠自雄哉。
人间帝苑难移去,天上仙居可取来。
艺巧世家传八代,技精寰宇叹千回。
何时广厦重营建,寒士能邀样式雷。

2018 年 5 月 26 日于上海赴达州火车上

## 高铁过长江大桥

天堑通途一阵烟，倚窗忙数几渔船。
轻轻山影伸云外，淡淡阳光抹岸边。
大浪已推豪杰去，长风犹送好诗传。
江南江北常寻觅，何处归来可种田。

2018 年 5 月 26 日于上海赴达州火车上作 5 月 27 日改

## 宿达州莲花湖宾馆

大巴烟景迓来宾，小驻莲花自在身。
湖畔诗吟平水韵，山间楼赏沁园春。
鱼离涸辙深知乐，鸟近骚人尽吐真。
也怕繁华都市里，起居无处避嚣尘。

2018 年 5 月 27 日于四川达州

## 湿地公园戏作

闲花浅草舞蜻蜓，四围山水两眸青。
蛙居湿地宣传乐，肺腑之音要你听。

2018 年 5 月 28 日于四川达州

## 访达州元稹纪念馆

小车环绕翠峰云，来访通州旧使君。
楼署凤凰皆换貌，墙镌珠玉尚留文。
昔言今至悲三遣，白俗元轻领一军。
我忆儿时观越剧，西厢惹得梦缤纷。

2018 年 5 月 28 日于四川达州

## 访谭家沟村

小乡村在小山沟，红瓦灰砖吊脚楼。
墙上农民刚作画，谷中庄稼正盈畴。
采风人得新诗句，照相机多好镜头。
谁信当年贫困地，能邀远客共闲游。

2018 年 5 月 28 日于四川达州

## 游八台山（二首）

### （一）

秦巴美景豁双眸，登览行吟我创收。
翠色遥连地平线，金光直射笔尖头。
斜阳拈出层层岭，峭壁擎来小小楼。
人在八台山顶宿，梦中装满是神州。

## （二）

想见当年蜀道难，八台层叠上名山。
接天秀岭三千叠，盘路危崖十九弯。
栈踩玻璃扶壁走，车飞钢索御风还。
吟诗览景都忙罢，沏盏硒茶小放闲。

2018 年 5 月 29 日于四川达州

## 马渡关荔枝古道

驿马曾扬古道尘，几多快递荔枝人。
我来奇石林中走，自带新鲜果入唇。

2018 年 5 月 30 日于四川达州

## 访百丈村李依若故居

新坟来吊客无多，老屋窗扉蛛网罗。
沉默青山能见证，当年传世出情歌。

2018 年 5 月 30 日于四川达州

## 儿童节戏作

阳光又是一清晨，羡慕儿童系领巾。
老太老头谈主义，当年都是接班人。

2018 年 6 月 1 日于杭州

## 登雷峰塔

熠熠神姿立废墟，电梯新置入浮屠。
提升五级登金碧，撒捰双堤写白苏。
小岛浑如三发髻，远山何啻十眉图。
沏些湖色茶瓶里，归饮犹能醉老夫。

2018 年 6 月 1 日于杭州作 6 月 4 日改

## 谒净慈寺济公殿

心地慈悲手段强，帽鞋虽破也无妨。
助人为乐公须慎，世上今多白眼狼。

2018 年 6 月 1 日于杭州

## 闻大明星偷税漏税戏作

偶然一石惹惊澜,实话从来实说难。
对马蜂窝谁敢捅,有狐鼠洞总能钻。
激贪风已常从众,斗恶枪须不落单。
愁煞相关部门吏,这团烂肉怎么剜?

2018年6月5日

## 偶 书

停杯掩卷甚疏慵,怕忆平生邂逅逢。
机遇擦肩都已失,世情入眼总难容。
满园花阵知时务,积岁诗行记客踪。
老去行吟心力减,仍多义愤尚填胸。

2018年6月13日于吴江

【注】

客踪,旅客的行踪。 明高启《逢迎吴秀才复送归江上》诗:"江上停舟问客踪,乱前相别乱馀逢。暂时握手还分手,暮雨南陵水寺钟。"

## 思念父母

生计艰辛度过来，不堪人祸与天灾。
母曾抽血连年卖，父更加班拂晓回。
今积点钱难尽孝，总吟些句只添哀。
古稀翁忆孩提事，老泪依然挂满腮。

2018 年 6 月 17 日

## 首届中华诗人节在荆州开幕

古城今日驻诗神，端午依然烂漫春。
荆楚最怜才俊士，风骚不乏继承人。
赋罢新篇献华夏，导夫先路有灵均。
吟家好句含金量，胜过商家万两银。

2018 年 6 月 17 日于湖北荆州

## 登荆州古城楼

兵家必争地，今日聚游人。
刀戟轻轻抚，城楼缓缓巡。
长吟留锦句，小驻忆烽尘。
不战无忧虑，休闲说养身。

2018 年 6 月 18 日于湖北荆州

## 参观荆州楚王车马阵景区

列阵遗骸马，深埋几大坑。
凶残难想象，愚蠢太惊怔。
未散幽阴气，仍留突兀睛。
景区Ａ四个，多少命堆成。

2018年6月18日于湖北荆州

## 游关公义园口占

巨像美髯飘，迎风动战袍。
神情千载凛，胆气一身豪。
举世无多义，求公只为钞。
我来瞻仰久，但愿笔如刀。

2018年6月19日于湖北荆州

## 戊戌端午戏作

印书获奖即扬名，那管沧浪浊与清。
萧艾太多兰蕙少，凤凰无语草鸡鸣。
投江日已成佳节，吃粽时都有笑声。
倒倒颠颠世间事，必须看惯不须惊。

2018年6月18日于荆州 6月20日改于山西祁县

## 宿千朝观园晋商大院

无冬无夏过春时，地下温泉可感知。
四合院中常聚友，千朝谷里共吟诗。
西厢梦境追寻久，南国心声吐露宜。
劝尽一杯祁县酒，王维句更使人痴。

2018 年 6 月 21 日于山西祁县

【注】
下榻大盛魁票号三号大院西厢房。

## 参观乔家大院

大院驰名小县夸，砖雕木刻显奢华。
龙灯竟是慈禧赐，犀镜曾由巩俐拿。
燕已绕梁忘故主，客犹穿屋说乔家。
土豪当代添心计，甲宅都移澳美加。

2018 年 6 月 21 日于山西祁县

## 新场古镇采风

大牌坊立老街前，二品官衔石上镌。
只赚往来人一瞥，不如餐桌八盆鲜。

2018 年 7 月 8 日

## 访莱蒙托夫庄园

乔木成阴野气清，白云白屋色鲜明。
庄园满地青青草，爱听诗人独白声。

2018 年 7 月 12 日于莫斯科

【注】
与莱蒙托夫曾孙合影。《独白》是莱蒙托夫 15 岁时第一首诗作。

## 游克里姆林宫

金顶穿云几教堂，豪华城堡市中央。
洪钟巨炮沙皇铸，翠瓦红砖锦帜扬。
梦里烽烟追霸业，宫中草木忆骄阳。
导游遥指深深院，说是当今总统房。

2018 年 7 月 13 日于莫斯科

## 夜逛阿尔巴特大街在普希金故居前久立

小店琳琅满套娃，阑珊灯火自和谐。
仰瞻熟悉青铜像，倜傥身姿立小街。

2018 年 7 月 13 日于莫斯科

## 行吟涅瓦河畔

云白天蓝色彩明，小船游曳大桥横。
铁红灯塔临波立，铜绿宫墙与岸平。
向导人前正谈史，文豪笔下早闻名。
初来涅瓦河边走，风景居然不陌生。

2018 年 7 月 14 日于圣彼得堡 7 月 19 日改

## 题普希金城

抒情诗遣我倾心，梦向皇村中学吟。
记得少年追偶像，李青莲与普希金。

2018 年 7 月 15 日于圣彼得堡

## 访圣彼得堡文艺咖啡馆

窗前蜡像似真身，二百年来正出神。
满店咖啡香味在，最宜吟句忆诗人。

2018 年 7 月 15 日于圣彼得堡

【注】
当年普希金在这里喝了咖啡后即赴决斗现场。

## 逛涅瓦大街

涅瓦长街十里屏，夕阳油彩抹丹青。
铜雕彼得留标率，金顶洋葱作造型。
肤色汇流团队过，霞光折射大巴停。
擦肩高鼻蓝睛客，个个看来像影星。

2018 年 7 月 15 日于圣彼得堡

## 悼熊鉴老

未尝谋面久知名，赐寄瑶笺诉不平。
世上幽兰当野草，路边寒士是精英。
公能站起何曾死，句已传开可永生。
我祭小诗焚一纸，载将悲愤却无声。

2018 年 7 月 21 日

## 悼刘光第

戊戌年来更忆君，齐烟九点聚愁云。
一身清气今弥少，千古丹心世不闻。
圣代维新长是梦，仁人摧朽只添坟。
翻开革变中华史，总为先驱写祭文。

2018 年 7 月 24 日

## 戊戌初度随感

未惭气宇减轩昂，二竖侵凌屡设防。
劫数曾经三五坎，梦游何啻百千场。
无奇日子聊相遣，有挫男儿更自强。
根系不伸阴暗地，哪来枝叶向阳光。

2018 年 7 月 31 日

## 立 秋

立秋之气尚如蒸，我似跌居住院僧。
日色燃霞难息火，月光流水不成冰。
人犹侈欲争豪夺，天正高温示痛惩。
忍看荧屏旱灾地，独清兼济两无能。

2018 年 8 月 7 日戊戌立秋

## 秋老虎戏作

云团似蘸酒精烧，海上秋阳弄热潮。
酷暑馀威难退敛，新凉来势尚迢遥。
地球频有诸危象，科学全无一妙招。
自受只缘人自作，天公今已不轻饶。

2018 年 8 月 10 日

## 七夕口占

高铁飞机似迅飚,天涯海角路非遥。
女牛不爱新科技,依旧年年渡鹊桥。

2018 年 8 月 14 日

## 戊戌夏日置换住房遇黑中介有作

逼暮火云千片斜,敲门中介两三家。
衰翁折扇空挥斥,残暑烧锅满辣麻。
置换房逢欺诈客,养生壶沏压惊茶。
白衣终究非卿相,围困层层码易加。

2018 年 8 月 21 日

## 中元节

今日阴阳界,谁云门可通。
思亲难再聚,遗恨总无穷。
月照千林白,香焚几炷红。
别来时易逝,儿也已成翁。

2018 年 8 月 25 日

## 秋霁

初霁江南倚小楼，又逢残暑接清秋。
故乡情共池回涨，深巷烟随雨逗留。
风已轻装来枕畔，雁将排字到云头。
此时吟啸人孤迥，恰觉诗心最自由。

2018 年 8 月 27 日

## 上网

已被高科紧紧揪，形成一族只低头。
短屏联络通寰宇，小道新闻胜主流。
垃圾千堆频点击，精华万卷偶研搜。
人和机器难分辨，走肉行尸遍九州。

2018 年 9 月 4 日

## 留别茅台花苑

二十五年花苑居，从今故宅入华胥。
女儿廊下呼声嫩，老母窗前步履徐。
一段人生留幻境，几回诗叟忆衡闾。
钥匙交出长歌去，我欲伴狂学接舆。

2018 年 9 月 8 日

## 题茆帆画石

各展天然好线条，女娲揉捏下云霄。
一堆奇石通灵性，能化金钗十二娇。

2018 年 9 月 17 日

## 探望林老从龙先生三绝句

### （一）

二十年前公七十，今来我亦古稀翁。
默然相对堪垂涕，岁月无情转瞬中。

### （二）

忆昔先生说项时，至今吾尚感恩之。
应惭吟客囊羞涩，未报琼瑶只报诗。

### （三）

世间知遇最堪珍，公是当年识我人。
重握手时仍有力，共挥诗笔扫嚣尘。

2018 年 9 月 20 日于郑州赴宜昌高铁车上

## 游长江三峡大坝

众岭围观截大江，高低水面两残阳。
云垂天外斑斓色，风抚波心璀璨光。
一坝引人多虑虑，千舟无刻不忙忙。
原生态里工程巨，打造神州梦境长。

2018 年 9 月 21 日于宜昌

## 中秋口占

夕升晨落寂无声，万众抬头望月明。
圆缺年年极单调，被人看出许多情。

2018 年 9 月 24 日戊戌中秋

## 读 史

深入其中乱始知，史书真似一龙池。
底层污物包藏后，表面阳光闪烁时。
鱼食小虾皆狠狠，水行上善总迟迟。
五千年被人流览，都说文明像首诗。

2018 年 9 月 26 日

## 闻桂花香得四绝句

### （一）

昨宵凉袭小园中，呼吸今晨醉了翁。
不是桂香如约至，哪来兴致立秋风。

### （二）

平民欢喜醉人香，为盼花期等到凉。
大紫大红非所愿，开成小米一般黄。

### （三）

惊喜蛩声上露台，推窗涌入桂香来。
寻常百姓能分享，金蕊金花也作堆。

### （四）

秋风凭借醉人心，阵阵芬芳粒粒金。
忽有忽无抓不住，谁知已透骨骸深。

2018 年 10 月 10 日

## 祝贺新疆诗词学会换届暨星汉兄当选会长

光鲜吸引九州瞳，一帜天山映雪中。
诗化雨添沙漠绿，心凌云胜夕阳红。
羡他边塞多豪气，喜我中华有雅风。
今日劝君杯共举，不愁西出少吟翁。

2018 年 10 月 17 日

## 秋 感

金风方飒爽，枫叶着红装。
银杏无衰气，逢秋转嫩黄。
人生不如树，暮岁易悲伤。
寂寂心中雨，萧萧鬓上霜。

2018 年 10 月 18 日

## 金柱白先生编辑义城金氏庆南宗亲会 25 年宗务白书，赋诗致贺

廿五年来秋复春，白书成册为宗亲。
弘扬义理长添乐，探索津途不避辛。
两地沟通鸿信里，一诗飞起浦江滨。
世风日下多沉醉，呐喊还需独醒人。

2018 年 10 月 23 日暮于武汉返沪高铁车上

## 立冬赏菊

墙角泥盆细雨寒，小黄花向立冬攒。
淡妆应似贫家女，瘦骨原非富态官。
错过重阳无雅集，开来空院有清欢。
同为不合时宜客，赚得诗人另眼看。

2018 年 11 月 7 日

## 题晋祠周柏

三千年树木枯十，偃卧风霜岂惧寒。
枝向中原初日挺，叶能明岁早春攒。
涓涓悬瓮泉难老，赫赫镌碑字已残。
公是悠悠观世者，至今无语作龙蟠。

2018 年 11 月 15 日于太原

## 题千朝观园七律（二首）

### （一）

小桥流水钓舟横，仙掌仙球一路迎。
花树四时呈气象，亭台多国展风情。
平民游览居豪宅，美景收藏入大棚。
不必桃源寻世外，只须来趟晋中行。

## （二）

美池嘉木画中游，甲宅连云把客留。
不着尘埃花草净，且倾茶酒院庭幽。
寻仙已至蓬莱岛，避世真同诺亚舟。
躲进大棚成一统，竟无冬夏剩春秋。

2018 年 11 月 16 日作　11 月 21 日改

## 游平遥古城

店招酒幌迓游人，小县今成掌上珍。
柳绕城墙仍守旧，客穿街巷各尝新。
刀削面拌陈酸醋，票号橱添铮亮银。
庆幸当年能抱拙，不争楼厦矗嶙峋。

2018 年 11 月 18 日于平遥

## 祭祁县王维衣冠冢

心仪诗佛步蹒跚，忽见坟头积雪寒。
闲逸当年咏泉月，荒凉此冢葬衣冠。
但能传世留些句，何必镌碑署甚官。
我辈焚香三作揖，酥梨万树正围观。

2018 年 11 月 17 日作　11 月 21 日凌晨四点改

## 与义乌诸诗友小聚口占

访友逢三五，欣然聚义乌。
倾城商品小，围桌话题殊。
浩浩诗千载，匆匆茗一壶。
手机传合影，高铁正归途。

2018 年 11 月 23 日于义乌

## 东海水晶城采风

慢车停小站，初访水晶城。
有色皆精彩，无瑕各透明。
地灵天赐宝，心醉石传情。
几件玲珑串，归时赠友生。

2018 年 11 月 26 日于东海县

## 题西双湖

湖面净而莹，地灵多结晶。
天光开两鉴，云影落无声。
上善人安富，高清水透明。
长桥来往客，身已入蓬瀛。

2018 年 11 月 26 日于东海县 12 月 6 日改于上海

## 闲居（二首）

### （一）

闲居闹市野夫同，忙碌光阴未觉空。
诗海乘舟邀李白，书斋赏月沏祁红。
搜天下事频联网，追梦中人偶转蓬。
吟句初心仍未改，老来漫兴更求工。

### （二）

盆栽小院送苍琅，我与红尘隔道墙。
书在手头多给力，茶经舌底久留香。
新诗颇羡王星汉，古曲常听杜丽娘。
知足心胸阴影少，晴窗曝背满阳光。

2018 年 12 月 4 日于赴昆明高铁车上

## 从上海到蒙自近六千里，高铁连小车花时十六小时，下榻酒店后口占

朝辞黄浦夕红河，一路尘霾扑面过。
捷足古人难想象，胜游今世不蹉跎。
六千里景匆匆览，七八行诗急急哦。
只愧未能如李白，举杯潇洒百篇多。

2018 年 12 月 7 日于云南蒙自

## 母亲二周年忌日作

何尝一日可忘怀，只是今宵倍觉哀。
失去慈颜照空挂，收藏旧物柜常开。
破衣曾补留针线，老泪难禁落颊腮。
此刻身离故乡久，再无电话问儿来。

2018 年 12 月 12 日于云南玉溪市澄江县

抚仙湖华美达广场酒店 1406 房间

## 游大观楼

名楼闻已久，今日到滇池。
争食鸥群急，凭栏墨客痴。
长联留旧柱，微信发新诗。
抓拍风光影，堪欣落照迟。

2018 年 12 月 13 日于云南昆明

## 石 林

雨磨风刻各标新，如兽如禽又似人。
亿岁至今呈百态，石头块块老天真。

2018 年 12 月 13 日于云南昆明

## 扫墓口占

打伞立碑前,追思向九泉。
音容飘似叶,岁月逝如烟。
衰泪今能忍,悲情老更缠。
难遮冬至雨,湿冷到心田。

2018年12月22日戊戌冬至

## 叶小鸾故宅残址感赋

石上还存香泽无?荒园感慨立墙隅。
绮才兰质人终逝,霜剑风刀树未枯。
征地宅空惊午梦,绕村河冷剩晨凫。
建成工业新区后,谁种梅花一万株。

2018年12月25日于吴江

## 题 照

紫万红千已绝踪,寒潮渐涨到心胸。
小园堪喜藏春色,一朵鲜花暖了冬。

2018年12月28日

## 乘 T81 次车赴梧州途中遇雪

景入车窗分外娇，黄昏新雪忽飘飘。
小桥平野银泥抹，低舍疏林白玉雕。
人正抱残添块垒，天仍行健送琼瑶。
客心孤迥行程远，总有诗材破寂寥。

2018 年 12 月 30 日火车赴广西梧州经过上饶

## 元旦绝句（三首）

### （一）

跨入今宵又一年，最新规划正重编。
囊中启动资金里，只剩诗毫作本钱。

### （二）

元旦平生几度逢，纵然盈百也匆匆。
两千多个耶稣岁，都在落花流水中。

### （三）

平民生活自寻欢，遭际无须笔下瞒。
总有不如人意事，何妨元日一齐删。

2018 年 12 月 31 日赴广西车上

## 车上口占

动车飞驶水云宽，窗外风光似转盘。
数十新楼围县市，二三老屋嵌山峦。
大江晨暮天同醉，小站秋冬客未阑。
人在旅途多胜景，等闲收揽到毫端。

2018 年 12 月 31 日于赴广西车上

## 读田书院步汉荣兄原玉

云舒云卷见诸天，门掩门开对福田。
紫气凝来寒砚上，青山围到小窗前。
正求唐宋添赓唱，更为程朱写续篇。
返朴归真书院裡，翻能当代育新贤。

2019 年 1 月 5 日于宜春

## 游宜春温汤古镇

远游冬季未知凉，地热资源入栈房。
人泡池中富硒水，雾飘店外带檐廊。
三餐烧酒盘飨美，一宿吟翁笔兴长。
都市时风方冷酷，不如小镇有温汤。

2019 年 1 月 5 日于宜春

## 岁残书感

风吹热土冻成冰,小院盆栽入拱棚。
乡念似泉心底冒,岁痕如雪鬓边凝。
老来诗出微凹砚,逝去人留忽闪灯。
逆旅浮生皆过客,改签车票有谁能?

2019 年 1 月 11 日

## 奉和海慧上人铁林晨感原玉

彩霞先染最高峰,醒世仍须破晓钟。
山寺佛光连旭日,满天云浅不能封。

2019 年 1 月 14 日

## 咏珍藏四十馀年之茅台酒

卅年栖寓我家门,酒柜之中汝独尊。
瓶上商标虽渐渍,世间售价不须论。
性情清烈仍盈抱,品味香醇可断魂。
何日招邀青眼客,倾杯共醉小乾坤。

2019 年 1 月 18 日

## 科学家发现外星人发来无线电波

穿行黑洞跨银河，收到高邻发电波。
读此居然无密码，猜他也许是情歌。
不愁同载终连榻，只恐相逢已烂柯。
除却地球房产外，原来宇宙小区多。

2019 年 1 月 26 日

## 岁杪戏作

古稀筋骨尚差强，手未停挥足未僵。
尿病带糖犹可控，血斑垒块正须防。
新 G 网络修文治，老 Q 精神作武装。
昨去今来成记忆，明朝已惯不追伤。

2019 年 2 月 3 日

## 除夕

今宵声寂寂，都市退潮时。
车水皆中断，人流已外移。
冷清思爆竹，惆怅付衔卮。
何处寻年味，前朝几首诗。

2019 年 2 月 4 日作　2 月 6 日改

## 咏机器人

神能成鬼鬼成神，未来机器管红尘。
惊闻科学家宣布：科学居然也害人。

2019 年 2 月 10 日

## 老年随想

皮囊未肯化尘埃，徒羡金刚不坏胎。
饱食之馀吞点药，闲聊以外发些呆。
回看往事波留岛，展望前程雾失台。
自古死生难解密，诗人正可纵情猜。

2019 年 2 月 12 日

## 元宵即兴

节逢雨水又元宵，风味姑苏引兴饶。
街巷灯光繁共赏，汤团肉汁美谁调。
良辰何处升明月，倦客他乡立小桥。
忽见儿童笑追逐，顿添怅惘忆年韶。

2019 年 2 月 19 日己亥正月十五于苏州

## 雪霁

盛冬添景助推敲，满袖清风百虑抛。
野甸雪铺交白卷，林峦日抹发红包。
轻飘成絮檐频洒，厚积如盐手可抄。
筋骨犹堪披氅立，笑看群雀闹寒梢。

2019 年 2 月 19 日于苏州

## 老年随笔

已衰身骨未衰心，盛世何妨岁月侵。
温饱无忧金养老，夕晨消渴铁观音。
打开微信低头坐，写出新诗拥鼻吟。
美刺皆含正能量，太平珍惜寸光阴。

2019 年 2 月 20 日

## 悼蔡老厚示先生

革履西装中国心，鸿儒潇洒遍行吟。
金丝眼镜呈风度，白发谈锋敞雪襟。
不信斯人真已逝，可怜夫子竟难寻。
当年说项言犹在，化作高山流水音。

2019 年 2 月 25 日

【注】

十几年前某人在蔡老面前贬损我，蔡老极力为我辩护。

## 春雨

连夜阶檐淅沥鸣，谷风催我吐心声。
性情冻久须稍养，灵感枯多可复萌。
岁似逝川人老钝，诗如飞瀑梦增生。
承恩春雨相知遇，一世吟怀许共倾。

2019 年 2 月 27 日

【注】

《诗经·邶风》："习习谷风，以阴以雨。"

## 收看电视以俚句记之

荧屏节目伴流光，关注新闻与健康。
炸后死伤闻恐袭，吃时宜忌记单方。
太平日脚逢何幸，维稳军心练更强。
偶尔也看人叫卖，订些营养品尝尝。

2019 年 3 月 1 日

## 老 境

日子匆匆过，垂垂老渐催。
梦忙常找厕，心"坏"不贪杯。
病眼朦胧惯，衰颜谑笑堆。
今生宜重惜，未必有轮回。

2019 年 3 月 2 日

## 己亥惊蛰

连绵多好雨，人却盼新晴。
雷至春方至，虫惊我不惊。
青瞳随柳展，绣口共莺鸣。
百姓无奢愿，惟期享太平。

2019 年 3 月 6 日

### 访龙华寺见多处花蕾萌发

禅林雨霁不飞尘，处处枝芽酝酿春。
绿萼红苞追问我，约谁来做咏花人？

2019 年 3 月 7 日

## 纪念五四百年步文朝兄韵

帝制终无不死方，前驱摧朽旆旌扬。
一声呐喊真无畏，百岁思维尚有光。
顿醒斯民同实干，倘离吾道是空忙。
先生德赛依然在，还要开弓再挽强。

2019 年 3 月 12 日

## 咏白玉兰三绝句

### （一）

乍暖风来景致佳，枝枝插满白丫丫。
诗人抖擞精神立，点亮心情是此花。

### （二）

造化无须用手雕，蓝天下满白琼瑶。
遥看朵朵形如炬，欲借东风试一烧。

### （三）

曾历寒流又翳霾，未愁运蹇与时乖。
年年不改身心洁，浊世何妨敞素怀。

2019 年 3 月 17 日

## 白玉兰凋谢感赋三绝句

### （一）

枝上才开忽已凋，梦中追忆一何娇。
玉兰如玉终非玉，占得三春只几朝。

### （二）

满园春树几荣枯，玉殒纷纷未可扶。
花事惯看人淡漠，不然何忍久踟蹰。

### （三）

一岁匆匆去复来，风姿绰约又成苔。
小圈微信留诗句，也学春花数日开。

2019 年 3 月 24 日

## 谒关林

青龙偃月冷飕飕，古柏森森浩气留。
忠义尚镌墙上字，英雄已葬土中头。
敬香人有贪财念，绕冢谁生旷世忧。
今日太平多省事，将军不必读春秋。

2019 年 4 月 2 日于洛阳

## 游龙门石窟

千洞残雕缺佛头，两山空映浪花柔。
当年浩劫谁参与？碧水全无影像留。

2019 年 4 月 3 日于洛阳

## 谒白居易墓

春风吹拂碧山云，拾级来参白使君。
树共石碑皆肃穆，花如诗句各缤纷。
歌行字字留瑰宝，讽喻篇篇建硕勋。
我鞠三躬持一念，要留为事为时文。

2019 年 4 月 3 日于洛阳

## 洛阳赏牡丹戏作

娇红粉白不胜繁，赚得游人四处喧。
一部分花先富贵，聚齐中国牡丹园。

2019 年 4 月 3 日于洛阳

## 戏题黑洞照片

惊见遥空里，星流转一涡。
熊熊烧似炭，狠狠噬如魔。
幻影聊存照，危言不是讹。
愚公询智叟，与我有关么？

2019 年 4 月 11 日

## 参加《中华诗词》盐城大洋湾青春诗会

诗情春色两斑斓，无限风光放眼看。
向海共吟多锦句，同楼相抱满花团。
难移心志平和仄，可变沧桑岸与澜。
喜见一群雏凤影，起飞江北大洋湾。

2019 年 4 月 13 日于盐城

## 咏丹顶鹤

有时阔步有时翔，白氅红冠气自昂。
我最羡它能独立，无须倚柱与骑墙。

2019 年 4 月 13 日于盐城

## 海盐丹顶鹤生态保护区访徐秀娟故居

青春奉献海滩眠，脚印依稀绕屋前。
化作翩翩鹤飞去，姑娘原是碧波仙。

2019 年 4 月 13 日于盐城

【注】
徐秀娟，生于养鹤世家，齐齐哈尔人，受聘于海盐国家珍禽保护区工作，1987 年为寻找走失的珍禽，不幸溺水身亡，年仅二十三岁。

## 游盐城大洋湾

一湾春色不须寻，豁目红樱处处林。
明月清风来自古，崇楼绮阁建于今。
滩荒未碍繁花长，苑雅宜多好句吟。
胜地已离飞浪远，望洋犹可共登临。

2019 年 4 月 14 日于盐城

## 游盐城抒怀

四十年前到大丰，滩涂一片接云空。
重来广厦迎寒士，更有繁花送暖风。
望海楼中诗偶得，登瀛阁里友相逢。
欲随白鹤翩翩舞，湿地开怀举酒盅。

2019 年 4 月 15 日写于盐城返沪火车上

## 惊闻巴黎圣母院被焚

殿院名声贯耳雷，当年巨著动灵台。
战时有幸逃尘劫，盛日无辜遇火灾。
沉稳钟声云际断，纤柔塔影梦中来。
从今圣母居何处？人类文明共此哀。

2019 年 4 月 16 日

## 黄河边种树

又种河边一树苗，白云黄土绿柯条。
小诗卡片枝头系，蓄我心泉日日浇。

2019 年 4 月 19 日己亥谷雨前一日于郑州

## 谒黄帝故里

风尘仆仆为寻根，三炷高香奉至尊。
始祖身边昂首立，五千年后一孙孙。

2019 年 4 月 19 日于郑州

## 访白居易故里

大诗人出小村庄，多少佳篇刻在墙。
雕像风吹鬓丝动，展厅门掩屐声长。
千年字句仍鲜活，一世勋名更焕扬。
重读白公新乐府，依然意义不寻常。

2019 年 4 月 20 日于新郑

【注】
故里在新郑市东郭寺村。

## 游江家岭排砂村

一涧绕孤村，农家未掩门。
径斜经雨滑，砖古共苔存。
高岸春潮懒，深山夕霭昏。
潭清能直饮，不慎小虾吞。

2019 年 4 月 22 日于瑞昌

## 诗友青浦樟艾居小聚

小酌村郊燕到初，湖鲜尝罢又山蔬。
春来雨奏越乡曲，客至诗吟徽派庐。
观赏新花忘桑海，流连老屋忆樵渔。
始知都市喧哗地，野趣犹存樟艾居。

2019 年 4 月 29 日

## 游太湖

暮春天气暖生慵，徐步湖滩望远峰。
翠接波光连彼岸，白移帆影入吾胸。
思亲梦叠云千片，伤逝情翻浪万重。
面对粼粼故乡水，当年童子已扶筇。

2019 年 5 月 3 日于吴江

## 出席中华诗词研究院与复旦大学主办的第四届"中华诗词古今演变研究"学术研讨会暨东方美谷诗漫贤城诗歌节感赋

海上鸥飞又鹭翔，东方都市满春光。
人追美谷围长桌，诗聚贤城沐暖阳。
文字如云穿岭远，才情似瀑溅珠忙。
感恩唐宋留佳种，好育奇葩再吐香。

2019 年 5 月 11 日

# 佛诞节龙华寺听音乐会即席赋四绝句

## （一）

穿廊绕殿透丛林，古刹何人正抚琴。
曲声流淌真如水，都是钧天上善音。

## （二）

清波浴佛近莲台，听罢琴箫似脱胎。
妙韵声声洗心镜，教人无处着尘埃。

## （三）

黄墙一道隔红尘，天籁声中沐浴身。
拨动丝弦有真意，译成佳句靠诗人。

## （四）

云间点点鼓声遥，无上清凉笛与箫。
一曲已终人渐散，馀音盈抱久难消。

2019 年 5 月 12 日

## 感事戏作二首

### （一）

谁种桃花与菜花，廿年换了一茬茬。
钻营满满诗词界，倾轧多多政治家。
庙小难除迭罗汉，井深易聚癞虾蟆。
天罡地煞排名次，武艺从来不考查。

### （二）

二十年来步履艰，王伦头领久当关。
手低每把林冲妒，量窄先将晁盖删。
占得茅坑却无屎，抢来莲座自开颜。
及时雨已无寻处，好汉翻遭逼下山。

2019 年 5 月 12 日作 5 月 22 日定稿

## 读史二绝句

### （一）

千载争权夺利忙，不知谁在管兴亡。
得天下并非君子，有野心都做大王。

### （二）

读千年史每生疑，不读书人可肇基。
亡国之君有文化，卜苍究竟甚心思？

2019 年 5 月 14 日

## 重游复兴公园

跨进园门即惘然，一亭一石忆童年。
梧桐识我皆伸臂，蓓蕾多情各抱拳。
忽疚心时空伫立，曾留影处久盘旋。
手机重拍相同景，小照中人发已颠。

2019 年 5 月 16 日

## 上海文史馆诗词研究社成立致贺

夏来春满菊生堂,顿觉诗心正吐芳。
围坐桌前多妙手,笑谈天下自衷肠。
挥毫蹈海掀千浪,结社逢辰举一觞。
不忘灵均求索句,漫漫路上共担当。

2019 年 5 月 16 日

## 赞上党碧松烟墨三绝句

### (一)

上阳台帖足千秋,兰麝凝珍万象收。
不是碧松烟给力,谪仙那哪墨痕留。

### (二)

欣然笔蘸碧松烟,顿觉飘飘似谪仙。
闻得龙香人已醉,才华横溢透吟笺。

### (三)

笔蘸松烟写几行,吟笺汉字顿生光。
怕人来读琳琅句,不嗅诗香嗅墨香。

2019 年 5 月 20 日

## 小 院

庭院悠闲朝市忙，两重形态一篱墙。
鸟声频送殷勤语，日影长投智慧光。
三径荣枯顺天性，数枝晴雨系骚肠。
身边花草多真趣，莫只寻诗奔远方。

2019 年 5 月 23 日作　5 月 24 日改于赴山东高铁车上

## 题潍坊文化名人馆

诸子久闻名，潍坊集众英。
入门双手揖，瞻像一心倾。
士莫忘苏轼，官须学晏婴。
追星应到此，都可导前程。

2019 年 5 月 24 日于潍坊

## 游烟台昆嵛山

名山造访迟，七子已遥离。
壑壑仙风爽，峰峰道骨奇。
烟霞留古洞，精气入新诗。
小立三清殿，飘然脱俗羁。

2019 年 5 月 27 日于烟台

## 登刘公岛

夏风吹浪碧无烟,梦里龙旗插入天。
痛史重温登此岛,悲情强忍忆当年。
捞来沉炮廊前列,逝去英魂海底眠。
蜡像一堂开会议,水师风采尚翩翩。

2019 年 5 月 28 日于威海

## 赠胶东诸诗友

细与论文趁爽风,天人合一到胶东。
岭皆跌宕含平仄,浪更推敲接昊穹。
生猛海鲜诗借力,葡萄酒美笔称雄。
欣逢吟友心飞舞,正共群鸥互动中。

2019 年 5 月 29 日

## 六一节四绝句

### (一)

老夫今日忆童年,不看林花不看天。
小院来寻墙角落,关心蚂蚁又搬迁。

## （二）

一付弹弓常系腰，弄堂走遍逞英豪。
忽然瞄准檐头雀，碎了玻璃马上逃。

## （三）

几个顽童吓坏妈，一千回上树桠杈。
诗翁今失凌云志，对着高枝已不爬。

## （四）

欣逢佳节白头吟，稚趣何妨岁月侵。
脏器兴衰不同步，老身依旧有童心。

2019年6月1日写于上海赴宜昌动车上

## 远眺长江三峡戏作

纵眸人立断崖边，岸夹长江起白烟。
三峡游轮多少客，如今没个李青莲。

2019年6月2日于宜昌

## 山村小饮

炊烟木屋笑谈中，村酿甘醇野馔丰。
喝到人归迎晚照，群山也带醉颜红。

2019 年 6 月 2 日于宜昌

## 父母遗照前作

镜框揩拭少尘埃，小柜之前日日来。
对着双亲谈几句，心头总想减些哀。

2019 年 6 月 8 日

## 茆帆画万年青索句因题一绝

一盆足矣不零丁，绿润红鲜可养龄。
兴废回眸五千载，何如来赏万年青。

2019 年 6 月 10 日

## 赴重庆动车上口占

二等座中躺,千村身畔过。
车穿山洞猛,窗换镜头多。
入梦骑神马,加餐吃酱鹅。
如今行万里,浑未觉奔波。

2019 年 6 月 11 日

## 访钓鱼城

踏苔寻访钓鱼城,险径危崖遭客惊。
故事渐随山入雾,将军已被石镌名。
风看影像三川合,云守关门百帜擎。
散去硝烟佛雕在,教人顿悟惜承平。

2019 年 6 月 11 日于重庆合川

## 游白帝城

小山迎浪大江奔,千古风流几处痕。
塑像托孤怜汉祚,相机聚众摄夔门。
无边林叶层层长,不尽诗行代代存。
白帝城头留个影,彩云依旧醉人魂。

2019 年 6 月 13 日于重庆奉节

## 游奉节

诗心多少此垂名，长共夔门日月生。
两岸引他佳句赞，一江教我激情倾。
飘飘不羡金门客，恋恋难辞白帝城。
破浪定能追李杜，万重山送一舟轻。

2019年6月13日于重庆奉节

【注】
出席"第二届中华诗人节（中国·奉节）"。

## 游天坑

四壁葱茏井底宽，下行初夏也微寒。
人间社会坑须避，天却将坑作景观。

2019年6月14日于重庆奉节

## 游地缝

翠岭之间见险情，深深一缝不须惊。
细思分裂寻常事，总有东西两阵营。

2019年6月14日于重庆奉节

## 雨中逛重庆洪崖洞市场

商招商铺一层层，走进迷宫几降升。
款款辣麻红可爱，窗窗云雾白堪乘。
洞传小店喧欢浪，江映洪崖闪烁灯。
我为三龄外孙女，衣裙选罢喜盈膺。

2019 年 6 月 15 日于重庆

## 重庆与诸诗友聚饮步喜英兄原韵

呼名不信只初逢，谈健披襟酒兴浓。
风骨岂能无独树，诗坛自要有群峰。
云闲常舞须如鹤，水浅仍游始是龙。
座上诸君皆作手，百篇一斗抵千钟。

2019 年 6 月 15 日于重庆

## 清 明

雨到清明时节忙，男儿今日也悲伤。
经年积下伤心泪，父母坟前哭一场。

2019 年 6 月 16 日

## 栀子花开忆旧三绝句

### （一）

东部校园留梦乡，青春记忆未能忘。
当年栀子花香里，研读中文坐课堂。

### （二）

洗眼清纯沁肺香，株株窈窕立楼旁。
何须伴读添红袖，栀子花开胜女郎。

### （三）

采花犹是少年郎，今日题诗满鬓霜。
残瓣几枚书里夹，当时洁白此时黄。

【注】
上世纪 70 年代末在上师大中文系就读，东部校园多栀子花，花香醉人。

2019 年 6 月 20 日

## 咏龙华古琴会三绝句呈照诚大和尚

### （一）

十五张琴六大师，一帘幽梦七弦知。
千年未受尘埃染，个个音符似旧时。

### （二）

何幸欣逢此吉辰，千年琴响浦江滨。
古人不见今人醉，听曲今人忆古人。

### （三）

菩提场上共拈花，听曲之心梦叠加。
何啻茶禅三昧在，琴禅合一到龙华。

2019 年 6 月 22 日

## 遣 兴

初夏深怜日落迟，小斋垂老惜阴时。
翻书忽见心仪句，倚枕常丢梦得诗。
窗外群楼拔苗长，砚边独语吐丝痴。
我今迷恋前朝曲，只恨前人已不知。

2019 年 6 月 25 日于吴江

## 悼念叶老元章先生

百年遭际久堪哀，忍见先生去不回。
合影笑颜曾旧摄，断肠诗卷又重开。
放归仍有清刚骨，弃置难除敏捷才。
应恨世间无顺境，飘然而逝独衔杯。

【注】
二十多年前在沈园购得叶老《九回肠集》一册。刘禹锡诗"二十三年弃置身"，叶老曾受不公正待遇谪居青海二十馀年。

2019 年 6 月 30 日

## 即 兴

澹泊流年太好过，擦肩人事快于梭。
少年爆竹多喑哑，垂老飞霞转醉酡。
何必隔篱呼酒伴，不妨扣腹唱渔歌。
太湖近在吟窗下，汲入诗中卷碧波。

2019 年 7 月 8 日

## 父亲 101 岁冥诞作

沉痛今宵跪像前，焚香袅袅绕青烟。
百零一岁怀先考，二十八秋隔下泉。
心为感恩长有疚，肝因伤逝总如煎。
可怜离别光阴里，儿亦繁霜满鬓边。

2019 年 7 月 14 日

【注】
今年 7 月 14 日父亲 101 岁冥寿，8 月 9 日父亲 28 年忌日。

## 农民新村

水泥群厦立黄昏，袅袅炊烟不复存。
超市随时供酒肉，小楼无处养鸡豚。
眼前高铁新车站，梦里低墙古棘门。
总有一丝惆怅在，十分怀念旧农村。

2019 年 7 月 16 日作　7 月 20 日改

## 感 事

日日荧屏一览收，五花闪过八门留。
巨星婚变成头版，小道凶闻夺眼球。
假作真时真是骗，无为有处有须诌。
今逢拍案惊奇事，却道天凉好个秋。

2017 年 3 月 2 日旧作

## 戏题静安寺

百乐门边不二门，最繁华地易销魂。
万商灯影争共闪，千载泉声被谁吞。
欲静欲安皆说梦，求名求利孰知恩。
往来当代焚香客，几个真能净六根？

2019 年 7 月 10 日改

## 遣 兴

浅斟低唱未曾闲，枕畔书围四五环。
眼镜散光多次配，手机初稿几番删。
少年钟爱诗成癖，垂老追回梦有斑。
往事朦胧浮脑海，可怜无数米家山。

旧作 2019 年 7 月 18 日改

【注】
辛弃疾句："西北望长安，可怜无数山。"

## 和稻小院诗友小聚

炎暑寻西岸，幽幽别院深。
篱边来润水，屋顶出园林。
品茗交流梦，谈诗润泽心。
主人犹有约，秋日共听琴。

2019 年 7 月 21 日

## 大暑口占

小哥快递顶骄阳，建筑民工汗似浆。
清道阿姨衣湿透，立街辅警指挥忙。
满城严暑如蒸烤，百姓多艰为稻粱。
我坐庭阴摇折扇，还叹无处避炎光。

2019 年 7 月 23 日

## 悼念林老从龙先生

北国南疆几度逢，中州去岁忆离容。
恩公说项心如镜，智者谈诗语有锋。
立雪诸生馀梦境，采风九域失游踪。
吟坛沉浸悲凉里，云际无从觅此龙。

2019 年 7 月 24 日

## 读聂绀弩诗感赋七律（二首）

### （一）

沉冤构陷未知谁，清厕熏肥境遇悲。
士遇莫名其妙劫，囚吟无可奈何诗。
奇葩时代斑斑泪，苦酒人生满满卮。
留下穷而后工句，读来哭笑两如痴。

### （二）

哭自欣然笑惨然，搓绳推磨入吟笺。
可怜冤屈仍三字，何啻荒唐只十年。
人以整人求快乐，命须革命保安全。
小文字已成诗史，往事回看不化烟。

【注】
　　聂绀弩说："七律这东西，是个小而简单的文学样式，发挥一点小感情、小心理状态及物理状态的小文字游戏。"

2019 年 7 月 27 日作　7 月 29 日改

## 己亥生日作

趁闲晨起擘笺题,几句吟成日又西。
逝去岁华蚕食叶,追回记忆岸坍泥。
心于苏海韩潮泊,人向吴山越水栖。
一自以诗为己任,不须腰折与头低。

2019 年 8 月 2 日作　8 月 4 日改

【注】
韩潮苏海,指唐朝韩愈和宋朝苏轼的文章气势磅礴,如海如潮。出自清孔尚任《桃花扇·听稗》:"蚤岁清词,吐出班香宋艳;中年浩气,流出苏海韩潮。"

## 利奇马台风

大江大海向天倾,遥送惊心动魄声。
云破闸门齐泻水,山流泥石欲围城。
巨灾深怕空中降,微命都求劫后生。
面对摧林风肆虐,吟翁愧以小诗鸣。

2019 年 8 月 10 日

## 上庐山途中口占

向晚车行翠霭间,左旋右转上庐山。
能经四百盘纡路,何惧人生几个弯。

2019 年 8 月 14 日于庐山

## 访美庐

一座寻常石彻楼,两朝龙凤爪痕留。
游人络绎穿廊过,指点空床说未休。

2019 年 8 月 15 日于庐山

## 题三叠泉

青山曲折诉情衷,白练成三挂碧空。
我有心泉从不叠,四时倾泻入诗中。

2019 年 8 月 16 日于庐山

## 访庐山郭沫若旧居

山中别墅忆文豪,且莫沉吟为解嘲。
做个高官原不易,性情多少要全抛。

2019 年 8 月 16 日于庐山

## 登浔阳楼

长江两岸几多楼,总引诗人发朗讴。
只为拍栏掀起浪,都能推送到心头。

2019 年 8 月 18 日于九江

文选

## 创意自成思想者 遣词兼任指挥家

### ——诗词创作琐记

诗词的启蒙教育是母亲无意中赐予我的。母亲爱看越剧，那时一个大人买一张戏票就可以带一个小孩子一起看戏。童年的我因此看了不少才子佳人的戏。《西厢记》里张君瑞和崔莺莺隔着园墙高声吟诵"月色溶溶夜，花阴寂寂春。如何临皓魄，不见月中人？"和"兰闺深寂寞，无计度芳春。料得行吟者，应怜长叹人！"的场景给我留下极为深刻的印象。于是幼小的我似懂非懂地明白了一个道理：要得到佳人的喜欢必须会写诗。（怪不得孔老夫子把"窈窕淑女，君子好逑"列为"诗三百"之首！）当然，后来我长大了才知道，当代的佳人并不爱诗却大多爱钱。但此是后话，暂且按下不表。

我学龄前最爱听父亲讲故事，《聊斋》（"画皮""崂山道士""王六郎"几则记得最牢）《水浒》《三国》听得最多。父亲常常骑自行车带着我到中国大戏院看戏，大多是绍剧《孙悟空三打白骨精》和京剧《无底洞》《火焰山》等"猴子戏"。父亲给了我两部书，一部是线装的《聊斋志异》，一部是精装的《辞源》。父亲一贯教育我要老老实实做人，要有平常心。这对我后来写诗都很有影响。

我真正迷上中华诗词是初中一年级，因为读了《唐诗一百首》《宋诗一百首》《唐宋词一百首》和《诗词格律》，还有儿童版的《陆游》和《辛弃疾》。这几本小册子的感染力、震撼力和作用力，真的影响了我的一生。

由于爱好古典诗词，母亲把自己同事的丈夫介绍给我当古文老师。我十五岁，陈荆生老先生七十多岁。他在他家的小院子里生着煤炉做午饭，不用看书就滔滔不绝地给我讲解《滕王阁序》《讨武曌檄》……我因此背了许多篇的古文和古诗词，日后很是受用。陈老师赠我的《古文观止》、《东莱博议》、《学诗入门》、《学词百法》等书至今还珍藏在我的书橱里。

我初中三年级是语文课代表，语文老师陶月琪看了我在作文里写的旧体诗词，批语道："你学了不少诗和词，……因此掌握了较丰富的词汇，这很好。但本文较多选用了一些不常见的形容词，如'荟蔚''娥眉'等，感觉有些堆砌，也不容易被大家理解和欣赏，不如用现代语更为亲切、自然，望你多用朴素的语言。"这本作文簿我保存至今，差不多有五十年了。这个作文评语至今影响着我诗词创作的语言风格。

"文革"的十年中，偷偷看了大量的世界文学名著，拜伦、雪莱、海涅、普希金、莱蒙托夫的诗歌都是大段大段抄下来的。莎士比亚、雨果、托尔斯泰……他们的著作我都如饥如渴地贪婪阅读。19世纪批判现实主义的作家对我的影响很大。巴尔扎克（傅雷译）、契诃夫、马克·吐温、罗曼·罗兰（特别是《约翰·克里斯朵夫》）的小说，那些深邃的思想，犀利的语言，形象的人物描写，也直接影响到我的诗词创作（例如讽刺诗）。

以上的这些旧事，同我后来的写诗生涯都有极大的关系，所以不避繁琐，一一道来，算是楔子，以下言归正传。

从少年时代到"文革"的岁月，从隧道公司的工地到恢复高考后的大学校园，从中学教师的讲台到展览馆专职摄影的暗房和信息业务工作的办公室，我自十三四岁后每年写上几首或十几首旧体诗词，不知不觉就过去了三十多年。

忽然增添了不少对于人生的感想、感慨和感悟，想到自己学的是文科，应该动笔写点什么。写小说太累，散文也有点耗时，不如还是继续写旧体诗词吧！这是个"短平快"的项目。一个偶然的机会，报名参加了《诗刊》社办的诗词研讨班，指导老师是杨金亭先生。他说我诗词格律已经过关，但是写作水平三十年原地踏步。于是我下决心好好学，一学就是四年，杨老师说我终于突破了一次自己。打从这个时候开始，中华诗词几乎成了我的事业、信仰和宗教。我甚至回绝了领导的提拔，离开单位去从事上海诗词学会的毫无物质报酬的秘书长工作和编辑《上海诗词》的工作，一干就是十年。

写诗似乎很苦，但是因为喜欢，就不以为苦，反以为乐。当时的学诗之痴和写诗之乐，有两首诗为证。一首是《学诗戏作》：

此身无计躲诗魔，似傻如狂可奈何？
梦捉遐思醒捉笔，笑生热泪哭生歌。
缚蚕茧内终飞蝶，埋藕泥中却露荷。
莫道豪情随日减，万山红树入秋多。

另一首是《写诗戏作》：

嚼墨捻须自着迷，闲身已惯闭门栖。
童心洒脱饶遐想，老脸轻松少皱皮！
岁月如倾多米诺，人生似逛迪斯尼。
神游万里凭诗兴，不必掏钱上客机。

我读书也算是下了一些功夫。《唐诗汇评》《瀛奎律髓汇评》《随园诗话》和很多的诗集、诗话都一直是我案头枕边常备的读物。陆游的《剑南诗稿》更是通读了好几遍，"书正满床争我宠"，拙诗描述的正是这一景象。

在酷暑天读书时大汗淋漓，不小心汗水滴湿了桌上的古书，忽然灵感一动，得了一句"汗向五千年洒去"，于是有了《酷暑夜读书》一诗：

天张炽热网恢恢，我坐危楼卷帙开。
汗向五千年洒去，风从九万里吹来。
哲人思辨飞成瀑，骚客心声响作雷。
谁及书生一瓢饮，纳凉随处是瑶台！

全诗开头写天很"热"，最后写人觉得"凉"，其中有一条线索贯穿："汗"—"风"—"瀑"—"雷"—"一瓢饮"—"瑶台"。古人说：诗需要"拆开细讲，方见句法、字法，以及起伏照应诸法。"写诗有点像是编一套组合拳，是一个完整的有机体，事先要有所考虑和计划，不能写成一盘散沙。

曾经读书通宵达旦，描摹眼前之景，先得了一联写景的诗句，放在颈联，便又组合成了一首七律《夜读达旦》：

>展卷浑忘夜已深，灯前拍案朗声吟。
>爬搔痒背来神爪，揩拭灵台见佛心。
>残月忽收千树白，朝晖又送一楼金。
>不知窗外今何世，车马倾城起噪音。

古人说，写律诗往往先有联，后有诗。此话也不假。如果没有至少一联较出色的对仗，律诗就站不住脚。诗需要谋篇布局。李渔在《闲情偶记·结构》里说道："编戏有如缝衣，其初则以完全者剪碎，其后又以剪碎者凑成。剪碎易，凑成难，凑成之功，全在针线紧密。一节偶疏，全篇之破绽出矣。每编一折，必须前顾数折，后顾数折。顾前者，欲其照应；顾后者，便于埋伏。"我觉得在理。这首诗就是预先考虑了两条线索：1.时间线索："夜已深"—"灯前"—"月色"—"阳光"—"车马起噪音"（早晨）。2.读书线索："展卷"—"拍案"—"朗声吟"—"爬搔""揩拭"（所感）—"千树白""一楼金"（所见）—"车马起噪音"（所闻）。

练习书法需要临帖，写诗也有"临帖"的过程。我从"临"放翁的"帖"入手，后来又"临"了一些白居易、杨万里、黄仲则的"帖"，语言趋于通俗流畅一路。加上我也爱读一些新诗，学习新诗中意象丰富、词语新颖的特点，写旧体诗词逐渐形成了自己的个性和风格。

《初春戏笔》学的是新诗的写法：

> 春风带电到江南，击活溪流击醒山。
> 闪闪繁花初点亮，毛毛细雨半吹干。
> 诗心渐暖飞窗外，灵感微麻颤笔端。
> 梦片情丝皆导体，书生自笑绝缘难！

我先得了第一句，于是开始构思，把关于电的有关词语一一列出，联系与春相关的现象和事物，造成一种较为新奇的效果。首联"电"字引出全篇。两个"击"均扣"电"字。颔联"点亮"和"吹干"仍承上"电"字而来。颈联写作者"触电"后的感觉。尾联仍用电业术语，一语双关，引人联想。谋篇布局围绕"电"字展开，有机组合，浑然一体。这样的诗偶一为之未尝不可，但不可多为，因为毕竟处处留下刻意发力的痕迹，所以觉得有点纤弱，也似乎有点"小样"。

我也尝试用白话和口语写旧体诗词。举两首为例，一首是《下岗戏作》：

> 越愁生计越糟糕，下得岗来担怎挑？
> 入学小儿需赞助，开刀老母缺红包。
> 公司债务多于虱，领导人情薄似钞。
> 卅载辛劳何所有？当年奖状挂墙高。

颔联完全写平民生活中的两大现实问题：教育和医疗。颈联从两句俗语演化而来："债多不愁，虱多不痒"和"秀才人情纸半张"。这首诗给当时的一位下岗职工看，他说我肯定就是在写他。

另一首是《逛南京路外滩》：

又向洋场十里行，人流车水沸腾声。
一条街售全球货，多处楼标外国名。
今见文明钱砌就，昔闻幸福血铺成。
那支大救星歌曲，钟响依然耳畔萦！

表现社会现实以及对于历史的思考，不用文言典故，不用华丽辞藻，大白话，口语化，说清道理即可，我想，只要有一定的内涵，也未必不能打动读者。

屈原的《离骚》中有三句诗应该成为我们的座右铭：第一句"路漫漫其修远兮，吾将上下而求索"。无论人生还是学习诗词创作，都是一个漫长的过程，不应该投机取巧，不可能一蹴而就。第二句"亦余心之所善兮，虽九死其犹未悔"。这是一种诗人的执着，也体现诗人的风骨。诗人要有才情，更重要的是要有风骨。第三句"长太息以掩涕兮，哀民生之多艰"。这是诗人的优良传统。诗人要有悲天悯人的情怀，诗人的"小我"要与人民的"大我"息息相关。诗人不是不可以吟风弄月，但是如果忘记民生，他不会成为一个真正有价值的诗人，一个受人尊敬的诗人。

有人把中国古代诗歌分为三大部分九个类型：一、人与人之关系：亲情诗、友情诗、爱情诗；二、人与自然之关系：山水诗、田园诗、咏物诗；三、人与社会之关系：咏怀诗、咏史诗、时政诗。除此之外，当然还有。但是诗词创作的题材大致已经包括在内了。

我写得最多的当然是亲情、友情、爱情的诗。

童年的记忆中，与邻居小姑娘的纯情交往最难磨灭。《回忆初恋戏作》是对此真诚而深情的记录：

> 与汝相亲始惹痴，至今心醉卜邻时。
> 小窗人对初弦月，高树风吟仲夏诗。
> 梦好难追罗曼蒂，情深可上吉尼斯。
> 浮生百味都如水，除却童年酒一卮。

田遨先生评论此诗时说："这首诗写得很雅，以'罗曼蒂'对'吉尼斯'，借用外来译名来凑热闹，也像是戏作，加上'梦好''情深'字样，顿使外来语有了感情色彩。"

那个年代的所谓"初恋"，没有拉过手，更没有拥抱接吻，只是相处在一起阅读和谈论文学名著，感觉得到彼此的心跳，有种莫名的激动和甜蜜，享受的是一种纯洁的友情和爱情交织在一起的情感。后来，邻居们一起到老北站送她奔赴自寻插队的农村，火车缓缓开动了，她在窗口招手，我在月台上冲动地快步跑上前去同她握了一下手。虽然只有一瞬间，但是这一次握手，成了我一生的甜美回忆。后来写了《鹧鸪天·新年漫笔》十首中的一首：

> 结得相思一段缘，蛾飞茧缚不由天。聚时肝胆冬犹热，别后琴樽夏亦寒。　　幽径里，曲篱边，人生难度是情关。谁知握手才三秒，刻骨镌心到百年！

最后两句就是取材于生活的真实情节。句中的"三秒"和"百年"的强烈对比，一定会给读者以感染力。因为我直抒真情实感，情意缠绵，采用的手法是抓住典型的细节，而不是用空洞和概念化的词语，也没有写已经被人反复说过的陈词滥调。这一点我在写诗时一直很注意。

在《父亲九周年忌辰作》一诗中，也是写了一个细节：梦里与父亲相逢，我恍恍惚惚发觉地点总是在童年熟悉的老宅中。诗是这样写的：

> 几度搬家西复东，浑忘老宅旧时容。
> 如何父子团栾梦，仍在童年小巷中？

搬了几次家，老宅的情结还是魂牵梦萦，割舍不下。前两句写得似乎平静和淡定，故意说快要忘记老宅的样子了，这正是为了反衬后两句的心情沉重。梦里父亲只在老宅里等我重聚，却从不到我的新居来。是他不认得新居，还是他也难舍老宅？一结使用问句，似带着压抑不住的哭声从心灵深处发出，更显得万分悲痛。

还有一首悼念父亲的七律《父亲逝世十九周年祭》：

> 孩提情景总牵怀，脑海时时显影来。
> 周末倚肩看杂剧，睡前搂颈听聊斋。
> 当年随地生成乐，今日终天抱作哀。
> 一寸心中沉痛感，大千无处可深埋！

颔联追述往事，颈联追昔抚今。一结用"一寸"与"大千"对比显示无奈和沉痛。诗的语言要凝练准确，有感染力，可以多多注意反义词的运用。我原来搞摄影，知道黑白照片（现在好像叫"绝色摄影"）中的"反差"运用得好，会产生很成功的艺术效果。大小、快慢、粗细、高低、刚柔、远近、长短……巧妙运用，不断变化，"反差"得当，也是写诗取得艺术效果的诀窍之一。

写女儿的诗也有多首，其中一首《送女儿参加高考》这样写道：

　　成龙成凤梦难除，掌上谁非可爱珠？
　　眷眷目光门外聚，沙沙笔迹案头书。
　　此时犹舐投怀犊，明日终飞展翅雏。
　　先父送儿情景在，几回追忆泪模糊！

颔联抓住眼前所见所闻的细节来描写。当前诗词创作普遍存在一个问题：能写大，不能写小；能写粗，不能写细；能写笼统抽象，不能写具体形象。总体说来，还是逻辑思维多，形象思维少。所以，我就很注重诗词细节的描写。颈联发感慨和联想。此时此刻，我才忽然明白和理解了当年父亲送我参加考试时的心情，尾联荡开一笔，把小诗推向一个情感的高潮。我想，诗能感人，还是要写平常人的朴素感情，这种原汁原味的感情不做作，富有"人情味"，古人说"诗缘情而绮靡"，一点不假！

我写友情的诗也很多，《接加拿大老同学信》应该是较有代表性的一首：

>飞雁传书到小楼，来逢春日去逢秋。
>人添白发三千丈，月映沧波两半球。
>天上有云堪作纸，世间无砚可磨愁。
>童年梦境依然在，一捧遥笺一漫游。

颔联出句"白发三千丈"是李白现成的句子，对句如不能相称相当，此联的对仗就失败了。以"沧海两半球"对之，应该说比较"现代"，也比较理想。颈联取物，有大（天、云）有小（纸、砚），然而相提并论，合而为一，于是虽大也小，虽小也大，主要是极言"愁"多。尾联回到题中"接信"，首（"传书"）尾（"捧遥笺"）作了呼应。袁枚说："诗虽奇伟，而不能揉磨入细，未免粗才。诗虽幽俊，而不能展拓开张，终窘边幅。"我觉得有理，所以写诗很注意修炼"揉磨入细"和"展拓开张"的功夫。孙悟空的金箍棒和铁扇公主的芭蕉扇都是能变大能变小才是宝贝，如果只能变大或只能变小就没有用了。

曾经的一个年代把游山玩水也当成一种剥削阶级的生活方式，如今却成了一种大众的生活时尚。当代的山水旅游诗词很多，我也不例外。写此类诗要抓住景点特色，展示作者审美情趣、文采风流和精神独立个性。

陆游的故事和诗词对我影响极大，游沈园自然不可无诗。如《春游沈园》：

>小径花飞土带香，草亭无语立斜阳。
>鸟寻幽梦穿林遍，柳写春情蘸水长。
>恍惚书生非醉酒，缠绵诗句尚留墙。
>沈家园里红酥手，牵尽人间九曲肠！

全诗从写景入手："小径""花飞""草亭""斜阳""鸟""柳""林""水"。景又均须含情："带香""无语""寻幽梦""蘸春情"。直至颈联才出现作者（"书生"），"恍惚"的原因是墙上的"诗句"。诗句中最厉害的是那双"红酥手"，能够"牵尽人间九曲肠"。我所采用的手法是所谓的层层剥笋法。虚实相生，渐渐深入，也颇符合我当游园时的感情历程和思考节奏。

写山水可以纯写景物，给人以美感，"咫尺应须论万里"（杜甫句），当然好。但是有寓意有寄托毕竟更好。我先后游览黄山写过两首《黄山夕眺》的绝句：

> 排云破雾踏天梯，攀上危亭日恰西。
> 烂漫群山争夕照，金峰昂首黑峰低。
>
> 万壑生风走暮云，千峰翘首斗嶙峋。
> 夕阳分配金黄色，高富低贫也不均！

同样的景色，立意完全不同。前一首纯写景色，似乎也能给人美的享受。后一首联系社会现实，写出感慨。两首诗创作的日期前后相隔十年。社会的阅历，对现实不公的思考，自然就会反映到诗中，因此也就增加了山水旅游诗的韵味内涵和思想深度。

有些山水旅游诗是即兴之作。如下面四首：
《题浔阳楼》：

> 九派烟云起，奔腾入小窗。
> 古今多少笔，到此蘸长江！

《题腾龙洞》：

　　世上人无数，锱铢计较多。
　　不如山有量，吞吐一江波。

《游长白山天池》：

　　来读乾坤壮丽诗，地球张口吐天池。
　　人知渺小虔诚立，恰是襟怀博大时。

《天山口占》：

　　长空万里砌琼瑶，雪岭巍峨耸碧霄。
　　我劝诗人先到此，天山脚下学崇高。

　　写诗自然需要有感而发，但是此"感"要道人所未道，不能是"流感"，流于平庸。"发"也必须是艺术地"发"出来，不能草率。如果要当场交卷，以字少为好，写绝句较宜，不要贪长贪多，匆匆写律诗，往往吃力不太好，很难写到精彩。我往往是先练一个"意"，安排妥帖结句，点到为止，然后再铺垫前两句。

　　除了必须当场交卷的即兴诗，我的诗作几乎都是反复斟酌和修改过的。前人说："文章不能一做便佳，须频改之方入妙耳。"袁枚在《随园诗话》中引有一段话："凡人作诗，一题到手，必有一种供给应付之语，老生常谈，不召自来。若作家，必如谢绝泛交，尽行麾去，然后心精独运，自出新裁。

及其成后，又必浑成精当，无斧凿痕，方称合作。"这就要求作者必须反复斟酌，使语言产生一种"熟悉的陌生感"。写诗可以改到面目全非，但是结果要像"一气呵成"。

山水旅游诗也可以借题发挥，抒发襟怀，写出深意。

拜谒黄帝陵，想起当时不少国人居然深恨自己黑发黄肤，艳羡洋人，纷纷出国定居。为此我感慨殊深，写成《轩辕庙抒怀》一律：

来向轩辕一放歌，心声跌宕响高坡。
皮肤未悔同黄土，动脉堪豪有碧波。
安得埙篪长奏乐，终教棠棣不操戈。
诗人自愧升平世，荐血无多荐泪多！

颔联正是针锋相对批评那些国人，表示自己以"黑发黄肤"是炎黄子孙而自豪。颈联用《诗经》里的两个典，希望全球炎黄子孙化干戈为玉帛。最后的一句从鲁迅的"我以我血荐轩辕"的意思和郑燮的"墨点无多泪点多"的句式化出，表示自己虽然生活在"太平盛世"，希望报效国家，在"升平盛世"自然很少机遇"荐血"，但是忧国忧民"荐泪"是从来不少。

"新天地"在上海市卢湾区，紧邻革命圣地"一大"会址，是一片民居风格的旧式里弄建筑，今为高级时尚休闲之商业场所。夜夜香车宝马，觥筹歌舞，据传此处消费价格昂贵为沪上之最。到此徜徉，感受历史的变迁和强烈的今昔反差，不禁感慨万端，写成《"新天地"戏咏》一律：

> 登斯楼也夜朦胧，谁识门墙旧影踪？
> 人醉新潮天地里，月窥老式弄堂中。
> 酒吧灯闪星星火，歌手香摇滚滚风。
> 多少腰金衣紫客，不成仁却已成功！

前六句全写该地景象。"登斯楼也"出自《岳阳楼记》一文。那段人人皆知的历史发生在这个"圣地"，我也只是轻轻一笔带过，并不道明，就像夜色一样的朦胧。纸醉金迷的时尚生活，也无须作出点评。最后翻用"不成功便成仁"一句成语，生出新意，颇觉辛辣：无数先烈未成功只成了仁，而多少今人不必成仁倒都成了"大款""大腕""大官"这样的"成功人士"。也只有此地、此景、此情，才能生此感慨，发此感叹。袁枚说："诗贵翻案。"写诗可以多考虑用一些成语、俗语、歇后语等，或正话反用，或反语正说，为表现主题别出心裁，往往有奇效。以上两首诗的结句均是采用旧句翻出新意的手法，应该说都收到了一定的效果。

游览山水和人文景观，有时会思索一些更深层次的问题，例如人类生态和地球环境等，举《游五台山》为例：

> 名山济济遍莲台，袅袅香烟散未开。
> 举世索求增我虑，私心肿胀遣谁裁？
> 大千物种频先灭，不二地球难复来。
> 安得五峰抽巨掌，击醒人类莫添灾！

中间两联虽较概念化，但这确实是一个值得忧心的现实，尾联发挥了较为大胆的想象，结合眼前的"五峰"，希望能化为"巨掌",击醒人类不再干蠢事。写诗要有忧患意识,有悲天悯人的情怀,这样才能写出有一定思想深度的诗来。

咏物诗我也写了一些,如《咏葱》:

指纤腰细影娉婷,身贱心高未可轻。
何惧赴汤成碎末?不辞投釜斗膻腥。
性情难改辛而辣,风气堪称白且清。
调入佳肴凭品味,有香如故慰生平。

我想写首诗赞颂有风骨的人,马上想到了梅花、松树……可是这些形象已经被前人写得太多,很难再翻出新意。买菜时忽然见到了葱,几毛钱一把,自然而然想起了"贫贱不能移"的格言。于是把葱的外貌和性格里外梳理了一遍。葱清白、辛辣,有赴汤蹈火、敢斗膻腥、"粉身碎骨浑不怕"的性格。写咏物诗"此物"和"彼意"的特征须有某种内在的联系,两者联系需自然,不可牵强。如钱泳所说:"咏物诗最难工,太切题周围粘皮带骨,不切题则捕风捉影,须在不即不离之间。"这首《咏葱》,力求在"不离不即之间"。借用曹雪芹写晴雯的"心比天高,身为下贱",还借用陆游写梅花的"零落成泥碾作尘,只有香如故",一并化用成了咏葱的句子,应该说确切而允当。

人离不开社会,于是就有了咏史、咏怀、咏时政的诗。这些诗应该有"兴寄",有自己要说的话,绝不能复述历史,人云亦云。

我写过一首《金缕曲·怀念李白》:

  白也顽童耳！久离家，听猿两岸，放舟千里。爱到庐山看瀑布，惊叫银河落地。常戏耍，抽刀断水。不向日边争宠幸，却贪玩，捉月沉江底。一任性，竟如此！

  人间难得天真美，且由他，机灵乖巧，尽成权贵。一句"举头望明月"，九域遍生诗意。身可老，心留稚气。我欲与君长作伴，唤汪伦，组合三人醉。同啸傲，踏歌起。

  填此词之前，先思考了一下，有了一个想法：有人说李白天真，政治上不成熟，于是我就真觉得李白像是一个"顽童"。我决定以此切入，写一个"顽童"。我翻检了李白的诗集，找出一些符合"顽童"天真性格的句子，这些句子似乎有"双通道"的作用，能管得住两头。把它们重新排列组合，居然产生了新意，出现了一种"熟悉的陌生感"。第一句"白也顽童耳"管领全篇，渐渐展开，层层深入，寓意其中。投入三天，写成此词，读起来似乎很是轻松，但在写作过程中我却很是沉重，很是动情，甚至眼中满含热泪。我的态度是很严肃很认真的。当时有一个诗评者撰文，说我在"污蔑李白"！还愤慨地说：伟大诗人李白自己也想不到会在一千多年后从云端跌下来变成了一个"顽童"！唉，"知我者谓我心忧，不知我者谓我何求。悠悠苍天，此何人哉！"

  生活在一个日新月异的变革时代，居住了四十年的老宅，在我搬迁后已被弟弟售出。对于老宅我总有一种魂牵梦萦的情结。《重访老宅》写出自己的怅惘：

岁月亲情惹梦思，短檐深巷夕阳迟。
　　当年淡饭粗茶日，竟是人生最乐时！

　　物质生活不知改善了多少，可是幸福指数没有同比例增长。那时的亲情，那时的初恋，那时的童年、少年和青年的生活……每天一早父亲总是赶在我上班前起身烧泡饭为我准备早餐，我还怪父亲有点声音吵醒了我。现在想起，原来那都是人生的幸福时光！但这一切已经离我远去。失去了最宝贵的父爱，精神和心灵总有一种无法消除的痛楚。

　　另一首《重访老宅》，写出了一种看似淡淡的哀愁：

　　淡水新村访旧家，灰墙红瓦老藤爬。
　　密林藏梦光斑驳，斜日牵情影叠加。
　　星散芳邻云外雁，尘封往事路边花。
　　遥看熟悉窗台上，趴着生疏叟与娃。

　　现在已经不大敢再"重访老宅"了，怕老是去撩拨这种伤感，感情上和精神上都经受不住。"遍人间烦恼填胸臆，量这大小'诗'儿如何载得起。"所以，这类诗也好久不写了。
　　人渐渐老了，更需要一种淡泊的性情和旷达的襟怀。
　　《办理退休手续》：

　　人能耳顺即心宽，进退从容步未艰。
　　加四十年方算老，有三千卷足消闲。
　　生存梦似过驹隙，造化恩须报雀环。
　　鬓角青丝初褪色，小诗吟出更斑斓。

《六三初度》：

> 每到今宵自唱酬，写篇初度小诗留。
> 屐痕追忆他乡月，灯影回归老宅秋。
> 梦与晨星终淡淡，心随斜日共悠悠。
> 人须雪浪云涛里，驾稳浮生一叶舟。

《书斋寄兴》：

> 大任无须我辈担，小斋觅句欲闲难。
> 性情蓄水流心底，气骨生风扫笔端。
> 吟过万山人未瘦，藏来千卷屋犹宽。
> 摩挲汉字当琴键，遥向星空即兴弹。

这几首小诗写于正式退休之后，诗中理性的思考和人生的潇洒更多了一些。诗自然可以写得闲适和旷达，例如《春暮垂钓即兴》：

> 几树轻阴绿抱团，一池红雨泣春残。
> 人生不似花飞急，犹得从容把钓竿。

又如《山中绝句》：

> 只争朝夕实堪怜，放慢流光始是仙。
> 一觉醒来云未动，城中蚁族几搬迁。

又如《读书偶作》：

危楼趺坐与僧同，共我翻书天外风。
冷月残阳为道友，去来皆在不言中。

再如《初春雨夜》：

乍暖还寒夜气清，恰宜无寐散烦缨。
小楼停泊烟云里，零距离听春雨声。

甚至可以作更大的遐想，如《宇宙遐想》：

几十亿人乘地球，似纤埃入太空游。
银河系在乾坤里，也是汪洋一叶舟。

可是人毕竟不能生活在真空里，心情如何能一味地平静如水？对于所见所闻不能无动于衷，所以，我的讽刺诗不少，"戏作""戏咏""戏题"……几乎成了我的一种"品牌"。

对于社会丑恶现象，连总理都公开发表讲话，痛斥近年来祸害百姓的毒奶粉、瘦肉精、地沟油、染色馒头……并且大声疾呼："这些恶性的食品安全事件足以表明，诚信的缺失、道德的滑坡已经到了何等严重的地步！"（见《中国新闻网》）诗人不能不闻不问啊！我写了《恶性食品安全事件频发，戏赋四绝句》：

质检当关有几夫？致癌成分总难除。
大千物种基因转，丑陋人心健美猪。

染色馒头瘦肉精，毒从口入遣心惊。
寻常百姓如何吃？九死之中觅一生！

赤子遭逢黑心奶，天良败给地沟油。
三餐都在高危里，盛世丰年为吃愁。

豆芽漂白辣油丹，食不添加色也难。
何日严防民口吏，为民防口保平安？

说是"戏赋"，又何尝有一句"戏言"？

社会上假冒、伪劣商品泛滥，我疑心菩萨也有真有假，遂使净土不净，理应列入打假范围也。于是写了一首《戏咏假菩萨》：

粗雕滥塑庙堂中，斗法争权咒有功。
挤上莲台都是佛，夺来金钵岂能空？
天王受贿敲边鼓，罗汉贪杯撞乱钟。
解决人间何许事？香烟也自舞东风。

全诗从写"假菩萨"下笔，当然与"真菩萨"无涉。如今假药、假钞、假文凭、假职称、假品牌……不胜枚举。有时想想，即使是真书记真局长，因为素质、品德、能力不行，实际上也是披着合法的外衣在以次充好，这就迷惑性更大，危害性更甚，应该也属于"假菩萨"之列。"挤上莲台都是佛"的现象比比皆是。我的小诗也只能讽刺一下，肯定是起不到实际的纠正作用的。

所以我写过《读讽刺诗戏作》两首绝句用以自嘲：

乐府新声句凛然，不知官府有谁看？
白公诗笔包公铡，哪个能教贼胆寒？
寸毫如剑舞生风，刺虎屠鲸字字雄。
狐鼠依然仓内卧，更无一个怕诗翁！

既然是"讽刺诗"，就只需一根刺，扎在穴位上，使人感到酸麻即可。现在有很多的所谓"讽刺诗"，抡起大棒大棍，击人皮肉，这些都不是真正意义上的"讽刺诗"，不但没有现实的意义和作用，连诗词的审美趣味的可读性都失去了。

再举几例讽刺诗。

《鼠年戏咏》：

饱食无忧日又高，官仓鼠辈正闲聊。
商量成立基金会，救助街头流浪猫！

记得薛宝钗说过："世上的话，到了凤丫头嘴里也就尽了。幸而凤丫头不认得字，不大通，不过一概是市俗取笑，更有颦儿这促狭嘴，他用'春秋'的法子，将市俗的粗话，撮其要，删其繁，再加润色比方出来，一句是一句。"凤姐式的"市俗取笑"就不是讽刺诗。我想学的是黛玉式的"撮其要，删其繁，再加润色比方出来"的"促狭"的写法。

从写诗的"单干户"，到参加中华诗词学会，直至广交天下诗友，又有十五个年头过去了。诗还得继续写。有时觉得诗几乎没有什么可写了，有时又觉得诗实在写也写不完，就怕写不好。

自己的写诗心得，归纳在《诗词创作的"金字塔"原理》一文中，这里不再赘述。再引两例，本文就可打住了。

《秋兴》：

> 吟翁无奈性情何，岁岁霜天发浩歌。
> 残照入怀豪气在，秋风吹梦壮游多。
> 人生丹桂心头绽，历史银河砚底磨。
> 自信诗笺非落叶，掷江成石不随波。

《诗词创作漫谈》：

> 一杖铿然一帽斜，晨餐坠露夕流霞。
> 心随崖瀑频冲动，梦与云山共叠加。
> 创意自成思想者，遣词兼任指挥家。
> 诗人踏遍天涯路，落笔无须手八叉。

写诗写到这个分儿上，人生应该无憾矣！两首诗不用诠释，诗人的自足、自得、自信、自乐、自豪，已经跃然纸上。"创意自成思想者，遣词兼任指挥家。"这种自以为是"思想者"和"指挥家"的快感只有在诗词创作的过程中才能获得，这是再多的钱也买不来的。"一箪食，一瓢饮，在陋巷，人不堪其忧"，写诗的人却能"不改其乐"！在诗词创作中体验和创造人生的真正价值，恰如拙诗所说："也算吾生事有成"矣！

写诗使得人生何等淡定！何等充实！何等潇洒！何等自豪！何等快活！

2012 年 3 月 16 日于海上阅剑楼

## "拟古诗"之我见

在我们的想象中，一千多年前著名诗人的"拟古诗"应该是年代遥远，晦涩难懂。

古代的拟古诗，很多是指模仿《古诗十九首》。《古诗十九首》是中国古代文人五言诗选辑，这十九首诗习惯上以句首为标题，看看这十九首诗的题目，竟然就不怎么古色古香，至今读来还是大白话，很口语化。例如：青青河畔草、西北有高楼、迢迢牵牛星、生年不满百、客从远方来……

此后就不断有人写"拟古诗"。

看一看陆机的拟古诗《拟明月何皎皎》："安寝北堂上，明月入我牖。照之有余辉，揽之不盈手。凉风绕曲房，寒蝉鸣高柳。踟蹰感节物，我行永已久。游宦会无成，离思难常守。"

再读一读陶渊明的拟古诗《拟古九首》之四："迢迢百尺楼，分明望四荒。暮作归云宅，朝为飞鸟堂。山河满目中，平原独茫茫。古时功名士，慷慨争此场。一旦百岁后，相与还北邙。松柏为人伐，高坟互低昂。颓基无遗主，游魂在何方！荣华诚足贵，亦复可怜伤。"

最后来欣赏一下韦应物的《拟古诗》之五："嘉树蔼初绿，靡芜叶幽芳。君子不在赏，寄之云路长。路长信难越，惜此芳时歇。孤鸟去不还，缄情向天末。"

一千多年前的诗人们的拟古诗，居然并不难懂。原来，他们的拟古，拟的是前人的一种感情，一种情怀，一种境界。

我们再来读一读几十年前现代人的诗："荧荧夜灯如豆，映幢幢孤影，凌乱无据。翡翠衾寒，鸳鸯瓦冷，禁得秋宵几度？幺弦漫语，早丁字帘前，繁霜飞舞。袅袅余音，片时犹绕柱。"对于这样全盘仿制古人的作品，胡适早就批评过："此词骤观之，觉字字句句皆词也，其实一大堆陈套语耳。'翡翠衾''鸳鸯瓦'，用之白香山《长恨歌》则可，以其所言乃帝王之衾之瓦也。'丁字帘''幺弦'皆套语也，此词在美国所作，其夜灯决不'荧荧入豆'，其居室尤无'柱'可绕也。至于'繁霜飞舞'，则更不成话矣。谁曾见繁霜之'飞舞'耶？……吾所谓务去烂调套语者，别无他法，惟在人人以其耳目所亲见亲闻所亲身阅历之事物，一一自己铸词以形容描写之；但求其不失真，但求能达其状物写意之目的，即是功夫。其用烂调套语者，皆懒惰不肯自己铸词状物也。"

胡适又说："今之学者，胸中记得几个文学的套语，便称诗人。其所为诗文处处是陈词滥调，'蹉跎''身世''寥落''飘零''虫沙''寒窗''斜阳''芳草''春闺''愁魂''归梦''鹃啼''孤影''雁字''玉楼''锦字''残更'……之类，累累不绝，最可憎厌。其流弊所至，遂令国中生出许多似是而非，貌似而实非之诗文。"（《胡适文存》卷一《文学改良刍议》第13－14页）

我这里再随手抄两首诗词作品：

《霜天晓角》："對龝調謔。低首情如灼。誰插膽瓶溫護，丰馥馥，妖爍爍。　　休愕。非日昨。顏瘁駒行鶱。也擬奪朱正色，渾未信，東君薄。"

《于中好》："握手西风泪不干，年来多在别离间。遥知独听灯前雨，转忆同看雪后山。　　凭寄语，劝加餐。桂花时节约重还。分明小像沉香缕，一片伤心欲画难。"

揭晓一下：前一首是当代诗词（还用了繁体字），后一首是古人诗词。你搞得清吗？看起来，今人比古人更像古人哩！

当代人以为"拟古"就是模仿古人的遣词造句，越晦涩越像古人。但即使是语言，古人也不是只有一种模式。杜甫的近体诗作品中七律的成就很大，但是他的七律的语言就有了典雅和通俗两种风格。《秋兴八首》《诸将五首》《咏怀古迹五首》等都是典雅语言风格的代表作；《江村》《客至》《又呈吴郎》等都是浅俗语言风格的代表作。为什么在当代人眼里，学习前者的诗词语言就是拟古，学习后者的诗词语言就不是拟古呢？

当代不少诗人学习古人只求形似，不求神似。所以，很多追求古色古香、典雅晦涩的所谓拟古诗词作品，堆砌了大量华丽词藻和生僻典故，却往往思想平庸，感情贫乏，就像采用了过度包装的劣质商品，惹人生厌。许多"意浅词深"的诗词，让读者折腾了老半天，以为包装盒里面是一支野山参，结果却是一支干瘪的胡萝卜。

把拟古诗写得很陈旧，与作者的年龄无关，这也是个有趣的现象。我们来看看两位百岁老诗人的七律。一首是周退密先生的《九九有感》："迎来九十九春秋，小老头成老老头。腿足全衰难似鹤，耕耘不断爱为牛。门多求字偿难遍，客至投诗急欲酬。侨寓春申七十载，梦中时作故乡游。"另一首是吴祖刚先生的《无题》："黄浦滩边浪拍空，烟封雾锁大江东。层楼处处歌秦女，市井家家拜赵公。万贯腰缠个体户，通宵血战一条龙。白头三五羞无事，闭目凝神练气功。"全是说话拉家常，却不失书卷气。口语、俗语和大白话入诗，浑不费力，能"雅不避俗，俗不伤雅"。叙述和回忆日常生活，淡淡写来，却情景毕现。百岁老人，生活在当代，用旧体写当代诗，说当代话，饶有情趣和诗味。也用些典，却如盐著水中；也用旧词语，但思想感情还是当代的。

近年参加交通大学的"全球华语大学生短诗大赛"评委工作，读到一些"90后"的大学生的诗词，竟然带些陈年烂谷子气，从语言到思想感情，倒像是活回到几百年前去了。我也举两个例子看看。一首是《拟自挽诗》："早岁焉知世事哀，浮情执意动心灰。本为左老无巫梦，何效潘生费洛才。没雪庭前终未腐，逐波梁下岂需堆。可怜十月冬风紧，吊客青蝇不肯来。"一首是《孤雁》："嘹唳云间暗影过，江湖满地尽风波。暂栖芦荻忧矰缴，欲下林塘畏网罗。薄幸有心秋入苑，不才无命夜填河。寒沙衰草霜天暮，独向关山夕照多。"不是说他们诗写得不好，但总有点"似曾相识燕归来"的味道。此次大赛的入围作品有大量类似这样的拟古诗词作品，而这些假古董的制造都出自小青年之手。

很多的当代拟古诗的作者不是拟古，而是泥古。他们喜欢制造假古董，却不肯好好想想：屈原不造假古董，写他的楚辞；曹子建、陶渊明不造假古董，写他们的魏晋诗；李白、杜甫不造假古董，写他们的盛唐诗；苏东坡、辛弃疾不造假古董，写他们的北宋词……当代有人造假古董，还以此为荣，沾沾自喜。当代有些诗词一味泥古，如果不看作者，谁知道是今人还是古人写的。

我们读古人的诗，总觉得作者是活的。我们读很多今人的诗，反而觉得作者是死的。古人能原创首创新创独创，今人却往往拾人牙慧，人云亦云，亦步亦趋。前人说："恨不跃身千载上，趁古人未说吾先说。"为什么？因为古人说过了，我就不能也不必再重复说了。而当代很多诗人，却是"幸得生于千载后，趁古人说过吾重说"。前人说："文章切忌随人后。"当代一些诗人却是"诗文恨不随人后"。萧子显在《南齐书·文学传论》里很不满意诗歌"缉事比类……或全借古语，用申今情"。但我觉得借古语申今情还不算什么坏事，很多人借古语申古情，甚至借古语还申不出情，毫无灵气生气，真不像活人写的哩！

古人的诗词语言丰富多彩，风格多样。他们会用朴实的语言，甚至是大白话、口头语，来创作描述自己的思想情绪和生活场景的诗词作品。"君问归期未有期""循墙绕柱觅君诗""打起黄莺儿，莫教枝上啼""临行密密缝，意恐迟迟归""白头宫女在，闲坐说玄宗""昔日戏言身后事，今朝都到眼前来""老妻画纸为棋局，稚子敲针作钓钩""倘许邻翁相对饮，隔篱呼取尽余杯"……这些都是古人写的诗，却就像昨天刚写的，还脍炙人口流传至今，这就是有生命力的诗，过了上千年还有青春活力。当代的一些仿古拟古把旧体诗词写得板滞晦涩的人，为什么就不仿这些古人、拟这类古诗呢？

当代诗词创作，这一类语言风格最受欢迎。因为这些作品既有传承，又有创新，用典少，语言流畅，虽用新词语，却绕有诗味。可是，我们往往把这一类语言风格的诗歌作品，归到当代大白话的语言风格里去，不认为这也是一种"拟古"的诗。

有人说我写的旧体诗词太新，老不用典，不像旧体诗词，应该好好地拟一下古人。可我写诗也拟古啊。我是拟屈原"路漫漫其修远兮，吾将上下而求索"之古，拟陶渊明"犬吠深巷中，鸡鸣桑树颠"之古，拟杜甫"老妻画纸为棋局，稚子敲针作钓钩"之古，拟白居易"繁花渐欲迷人眼，浅草才能没马蹄"之古，拟李商隐"春蚕到死丝方尽，蜡炬成灰泪始干"之古，拟苏东坡"不识庐山真面目，只缘身在此山中"之古，拟陆游"山重水复疑无路，柳暗花明又一村"之古，拟杨万里"好山万皱无人见，都被夕阳拈出来"之古……他们都是古人，我就爱拟这样的古诗。

我们现在的教育，对于汉字的训练很不到位，所以驾驭语言文字的能力一般较差。而诗词创作对于语言的要求又很高。我觉得，诗词的高境界应该是"意深词浅"。这个"浅"，不是浅俗，浅到俗而不雅；不是浅白，浅到像白开水；也不是浅淡，浅到淡而无味……而是千锤百炼，出于自然，毫不留雕琢之痕，让人回味无穷。而这也正是我们应该好好向古人学习的。

拟古，就是继承传统，模仿古人。古人的诗，无论是浪漫主义还是现实主义，无论是豪放派还是婉约派，都是写他们自己的生活，写他们自己的时代。拟古，从广义上说，就是要学习古人的这种诗词创作态度。即使是学习古人的语言，也应该全方位地学习，而不只是在语言用典上一味追求典雅，以为晦涩就是拟古，走入了脱离现实生活和创作僵化作品的死胡同。"语言是用来让人们沟通和交流的，并非是用来制造隔阂和栅栏的。"（徐江《敢对诗坛说不》）我想，如果杜甫、白居易、辛弃疾们生活在今天，他们也一定会写出有当代生活气息的语言通俗易懂的好诗词来。我们要写出反映当今时代的好作品，而不是制造假古董。与新诗创作相比，旧体诗词创作更有必要也更需要注意和重视这个问题。

2018 年 9 月 10 日于海上阅剑楼

# 后　　记

　　我们爱读古人的诗，但是他们大多没有我们幸运。

　　屈原是把命也赔上了的，李白吃过官司被流放，杜甫几乎一辈子颠沛流离，苏东坡、黄庭坚被贬谪到蛮荒之地，黄仲则更是穷病而死……

　　唐人选唐诗不选杜甫诗，杜甫生前没有出过诗集，死后七十多年才出第一本诗集。有唐一代，很多诗人没有集子，出了集子也大多散佚没能流传到今天。

　　当代诗人真是有幸。我们如今饱食三餐，喝着好酒好茶，写几首远不及唐诗宋词的诗词作品，还出版了好几本集子。我们付出了什么？凭什么要人家读你的诗词？居然还想藏之名山，流传后世？是人家欠你的么？有时我想，当代诗人真是俗。

　　我很知足。2002年出版了《飞瀑集》。后来2009年又出了三本集子：《中国诗词文库·飞瀑集》（精装）、《古韵新风·杨逸明作品集》（平装）、《新风集·杨逸明卷》（线装）。看到自己不很像样的诗词印成装帧很是像模像样的书籍，有精装，有线装，比起古代的诗人来真是庆幸万分，也惭愧不已。

　　我已出的四本集子中各收录拙作两百首至五百首不等，但是都曾有重复收录。此次编选本集，凡已选录在前四种选集中的诗词，一律不再收录。本集绝大部分诗词作品是从我在2009年以后创作的三千多首诗词中选出的约三分之一弱，另附文章两篇，表明我的学诗心得和诗路历程。原来的诗集名为《飞瀑集》，人渐渐老，少了些"飞瀑"的激奋，多了些"晚风"的和缓，我取白居易《闲居》诗中"独啸晚风前，何人知此意"两句的意思，将本诗集题名为《晚风集》。

田遨先生曾著文《解读海派诗》。他说："文学艺术上所谓海派，有两层涵义：一是强调在固有基础上求革新，一是强调拓宽题材，丰富表现手段，有海纳百川之义。"他曾与喻蘅教授通信，两位前辈归纳概括"海派诗"的特色为八个字："新、俗、野、辣、趣、隽、奇、脆。"

我常以此要求自己，希望形成自己的海派诗词风格，成为海派诗人中的一员。

我的诗词试图表述和描写当代大都市中一个普通市民的思想情绪和生活场景，语言和意象力求创新，希望能够做到意深词浅，言近旨远；雅不避俗，俗不伤雅；有情趣、景趣、理趣；寓庄于谐，戏而不谑；"寻常作料奇滋味"……

已经写出来的，好与不好，可让读者评判。我还在继续写，写一阵子，选一阵子。我还是这句话："选诗何惜删千百？倾盖须求遇二三！"

如果自己的诗词作品能有读者，总是高兴的事，我也未能免俗。

承蒙赵京战兄为我写序，在此表示衷心感谢！

杨逸明

2015 年 8 月 26 日于中国作协北戴河创作之家

## 补 记：

《晚风集》编选后一直搁置，一晃已有四年之久。此次《中华诗词存稿》出版得以附骥，深感有幸。重新补充了近几年的诗作，能够搭上顺"风"车出版，又何"晚"之有？

2019 年 8 月 20 日补记于苏州吴江